JANOSCH

雅诺什经典童话集

最有趣的圣诞故事

〔德〕雅诺什 著

詹湛 李莎莎 译

人民文学出版社

PEOPLE'S LITERATURE PUBLISHING HOUSE

著作权合同登记号　图字 01-2017-5615

Author: Janosch
Title: Morgen kommt der Weihnachtsbär
Copyright © LITTLE TIGER VERLAG GmbH (Germany), 2007
Chinese language edition arranged through HERCULES Business & Culture GmbH, Germany

图书在版编目（CIP）数据

最有趣的圣诞故事 /（德）雅诺什著；詹湛，李莎
莎译 . -- 北京：人民文学出版社，2017.9
　　（雅诺什经典童话集）
ISBN 978-7-02-013266-9

Ⅰ . ①最… Ⅱ . ①雅… ②詹… ③李… Ⅲ . ①童话—
作品集—德国—现代 Ⅳ . ① I516.88

中国版本图书馆 CIP 数据核字 (2017) 第 203504 号

责任编辑　**卜艳冰　尚　飞　杨　芹**
装帧设计　**李　佳**

出版发行　**人民文学出版社**
社　　址　**北京市朝内大街 166 号**
邮政编码　**100705**
网　　址　**http : //www.rw-cn.com**

印　　制　**上海盛通时代印刷有限公司**
经　　销　**全国新华书店等**

字　　数　**56 千字**
开　　本　**787×1092 毫米　1/16**
印　　张　**6**
版　　次　**2018 年 7 月北京第 1 版**
印　　次　**2018 年 7 月第 1 次印刷**

书　　号　**978-7-02-013266-9**
定　　价　**40.00 元**

如有印装质量问题，请与本社图书销售中心调换。电话:01065233595

12月1日

在纷纷扬扬的大雪之中，有一个很小很小的人影。

他心里想："我好像还没看见什么给小丑遮风挡雨的香肠小木屋。

离圣诞节还有整整二十三天呢。"

肚子空空如也，全身冰凉冰凉，孤独小丑就这么在黑暗的夜里行走着。这个夜晚呀，他甚至连自己脸上的长鼻子都看不见了。雪下得那么大，那么密，他拖着小小的身躯，两脚陷入了白皑皑的、厚厚的积雪，嘴里却还唱着一首歌，听，那是属于小丑的死亡之歌：

<blockquote>

再见吧，这个世界，

再见吧，这个世界，

你的小丑快要死掉了。

我的身上一无所有，连一分钱也拿不出。

没有谁能从我这里继承什么好东西。

</blockquote>

他的裤子已经磨破，露出一个又一个小洞，冷风一直往里灌。他对自己笑了笑，说道："哦耶，没有人能从我这里继承什么好东西。起码这一点挺不错！"其实，他说这句话的时候，心里有点幸灾乐祸的感觉。他是谁呢？一个孤独小丑，从遥远的水堡独自流浪到这里，想周游整个世界，寻找属于他自己的幸福。

小丑不断地和自己说话，因为他觉得太孤独了。这种感觉是怎么样的呢？你和我一定也有过，就像是妈妈不在家，我们也没有狗狗在身边陪伴时，心里会有空荡荡的感觉一样。另外，如果你注意观察你的祖母就会发觉，当祖父不在家的时候，如果没有狗狗陪伴，祖母就会自言自语地说个不停。的确，就是在这种冷冷清清的情况下，我们都会和自己说话，有时轻，有时响，至于说些什么，说多久，完全由

我们的心情决定。

　　"附近如果能有一间给小丑遮风避雨、又有香肠吃的小木屋就好了。"这个可怜的孤独小丑哀叹道，"因为我肚子里面的饥饿感，那种随时想狼吞虎咽的欲望，已经比宇宙中最大的黑洞还要大了。"

　　他为什么要说黑洞呢？原来，宇宙中的黑洞可以轻而易举地吞吃掉周围的一切东西，这是我们需要知道的科学常识。当然，每个小丑都知道这一点，他们脑袋中的科学知识，可一点儿也不比我们少。

　　"我最想吃的东西，是豌豆汤。"

　　于是，他竖起了鼻子，狠狠地往空气里吸了几口，看看有没有任何来自香肠小木屋的香味。如果风向帮忙，一个小丑可以靠他的鼻子，

闻到九英里之外传来的香肠香味，即便在漆黑的夜晚，他超人的嗅觉本领也一样厉害。

"如果汤里面放着几种配菜，就完美无缺了。比如，放几根老鼠形状的熏肉肠，或者维也纳特产的小香肠，唉，其他任何东西都比不上！"

他所说的"维也纳特产的小香肠"，我们叫作维也纳小香肠，大家都非常喜欢吃。

可是，远方既没有传来一丝温暖的光线，空气中也闻不到一点儿香肠香喷喷的味道，前方只有无边无际的黑暗，好像整个宇宙中充满了最深最深的孤独。

另外有一点特别重要，那就是小丑的身上，一分钱也没有。所以，哪怕前方出现了一家温暖的香肠小木屋，他仍然一个小面包也买不起。现在的情况，就是那么的糟糕啊。

他现在仿佛是一条饿了一整个狂欢节的蚯蚓，肚子里什么东西也没有。要知道，离圣诞节的降临，还有整整二十三天呢。为了寻找到生命中的幸福，小丑一直笔直地向前走，可是，由于周围都是黑压压的一片，他连自己是否走得笔直都不知道，所以他迷路了。因为，当一个人一点儿也看不清路的时候，笔直向前走是一个错误的决定。

小丑来自遥远的水堡，所以他也自称"来自水堡的小丑"。这个名号听起来很像是一个贵族呢，一个拥有某座城堡的男爵，或者像是……一个长着小丑模样，却有贵族血统的公爵。

"再见了，这个世界！再见了，这个世界！我将像一条狗一样悲惨地死去。"

这时，吹来了一阵寒冷的风，将小丑的歌声带到了很远的地方。可是，风同时也从另外一个地方，带来一阵特别的香味——那仿佛是炊烟的味道。"啊，难道是神圣的圣诞熊特别照顾了我？那果真是一

阵炊烟的味道啊！我懂了,燃起炊烟的地方,一定有一个壁炉烧得滚烫。而壁炉烧得滚烫的地方,肯定放着一口大大的铁锅！壁炉里既然放着铁锅,那么铁锅里一定盛着热腾腾的豌豆汤！哦耶！"

于是,他踏着厚厚的积雪,竭尽全力拖着自己那双冰冷的脚丫,加快步伐向前迈进。他那敏感的长鼻子顺着炊烟的香味一路走去,果然！香味越来越浓了！相信他的鼻子是不会错的！

小丑一骨碌地从一个讨厌的斜坡上滑了下去,哇！他简直不敢相信自己的眼睛——一栋矮矮的小屋子出现在了他的眼前！上面还立着一根可爱的、精致的烟囱呢！他赶忙敲敲门,"哒哒哒,哒哒哒"。

"请进！快进来吧,我亲爱的客人,不管你是谁,不管你是从哪

里来的，请你推门吧，门没有锁上，我尊敬的贵客！"

小丑听了，推开了那扇小门。门开了。小屋子里既温暖，又散发出了热汤的香味。在一张小小的桌子旁边，坐着一只幸福的土拨鼠，他问小丑："你能告诉我，你究竟是谁吗？"

他接着说："快到我身边来吧，这位神奇的客人，非常欢迎你来到我这简陋的小屋子里。告诉我，你从哪里来？"

"我是一个小丑，来自遥远的水堡。我正在周游世界，目的是要寻找属于我自己的幸福。"

"哦，原来是一个小丑啊！小丑、小姑娘什么的我都最喜欢。我亲爱的朋友，请你将你的小手伸给我好吗？我们来握握手，打一个招呼吧。很不好意思，我的视力不大好，稍微远一些的东西就看不清了。所以，你也可以认为我是一个小小的盲人……在……在哪里？"

"谁在哪里？"

"你的小手呀。"

"在这儿！"

小丑握住了土拨鼠的小手，而幸福的土拨鼠将他拉到了一旁，哟，瞧！那是土拨鼠最漂亮的一把沙发椅哦！

"请坐，我亲爱的客人，你在这儿等着，舒舒服服地休息一会儿吧。我马上就去为你盛来最温暖的泡脚水。你可以将你的小脚丫伸到桌子底下，一边泡得暖暖和和，一边在桌子上享用最美味的食物，我们一起来享受这个温暖、惬意、自由自在的晚上吧。"

"我没有猜错的话，难道这个香味……是豌豆汤？"小丑兴奋地喊了起来，"里面的配菜是不是小老鼠形状的熏肉肠，或者维也纳小香肠呢？"

"不是的，这只是普通的豆子汤。里面的配菜是小洋葱和略加烘烤过的小麦粒。不过也很好吃呢。"

"可惜了。"小丑这么说道。其实，他生命中最大的幸福，也许就是此时的一碗热腾腾的豌豆汤，再配上他所喜欢的配菜。过去，生

命中最大的幸福曾经无数次地接近过他，可是没有哪一次像今天和他靠得这么近，这么近。他感觉越来越近了。当然，过去所谓的幸福可能是一些财富，一些金钱，有时会是一个很要好的朋友，但是今天他真切地感觉到，那种幸福就应该是——清清楚楚、扎扎实实的一碗热豌豆汤。

好吧，其实现在的豆子汤也不差，因为在又饿又冷的情况下，任何一个小丑都会接受一碗热腾腾的豆子汤的，而且会将它狼吞虎咽地吃个干净。还有，在桌子底下，他那双快要冻僵的双脚正浸没在温暖的热水里。这两样享受，已经让他心满意足了。

这时，土拨鼠开口了："我亲爱的陌生人，你可以睡在我的小床上。至于我嘛，就睡在你的旁边吧，因为壁炉旁软绵绵的地毯上也是相当暖和的。我最喜欢有客人来到我的家了，这种喜悦能够超过一切！只要你愿意，你可以永远待在我的身边，住在这间小屋子里。或者，你也可以一直住到圣诞节来的那一天，这一切完全看你的兴趣了。如果你真的住下，那么我会为你每天准备美味的豌豆汤，里面还会放上可口的配菜呢！"

"小香肠吗？"小丑问。

"还有你喜欢的，小老鼠形状的熏肉肠。"幸福的土拨鼠回答。

在这个夜里，小丑从来都没有睡得这么踏实过，香甜的滋味充满了他的心，仿佛自己已经变成了一个圣诞小天使，他还梦见了一棵挂满圆球的美丽圣诞树。

12 月 2 日

送信的兔子邮差没有带来什么明信片，
而是带来了从远方吹来的一丝清新的风。

第二天，孤独小丑一直睡到了中午十一点钟。在桌子上，早已摆放好了一顿丰盛的早餐。

"山毛榉果实和蜂蜜混合在一起，然后在上面洒上杏仁的碎末，最后还加上了美味的蜂蜜奶油。下一道菜是冻过的覆盆子，上面再浇上一层闪闪发光的金黄色热蜂蜜。"小土拨鼠这么介绍着，"这些菜谱都是我的祖母传下来的。"

小丑说："昨天晚上我做了一个梦，梦见我绕着一棵高大的圣诞树飞来飞去，身旁还有很多很多的小球。土拨鼠，你能告诉我吗，距离圣诞节还有几天呢？"

"还有二十二天。"幸福的土拨鼠回答道。

他们吃完了早餐。突然有人敲了敲门，一个大脑袋"扑"的一声伸进了他们的房门，发出了咕哝一般的声音："小伙子们，一切都好吧？没有什么烧坏，没有哪只椅子腿被啃烂，没有屋顶的瓦片掉下来吧？我只是想知道你们一切都好。另外，今天还是没有给幸福土拨鼠的包裹。没有来自美国的包裹，也没有因为圣诞节而寄来的礼物。包裹嘛，其实是属于邮局的业务，不属于我的工作范围。这就是我想说的话，愿上帝保佑你们！"

说完这些，这位体型庞大的兔子邮差从屋子门口蹦走了，只在土拨鼠的房间里留下了一丝清新凉风的香味，那是来自远方的凉风哟，兔子邮差是通过身上蓬松的软毛把它捎带过来的。这只兔子穿着轻便的跑步鞋，他的工作就是需要跑步和跳跃。

"哦！来自远方的清风！"小丑嗅了嗅空气中的气味，然后从桌

子底下钻了出来，跟着兔子邮差跑了出去："那好像是来自水堡，或者美国的味道啊！"

幸福的小土拨鼠呢，仍旧在锅子里煮着掺杂了配菜，比如香肠的豌豆汤，作为今天的午餐。

他说："这是来自我花园的豌豆哟，香肠是来自法兰克福的，棒不棒呢？"

当然，小丑太喜欢豌豆汤的味道了，他一边吃，一边问道："我的好朋友，你知道我生命中的梦想是什么吗？"

"知道，"土拨鼠说，"大概是豌豆汤配上来自法兰克福的香肠吧。"

"不对。"

"配上小老鼠形状的熏肉肠？"

"也不对。"

　　"是一件有腰带的运动衫吗？夏天穿的。"

　　"你还是错了。我的梦想是飞翔啊。在圣诞树上方飞来飞去，然后随着清新的风飘到很远很远的地方。飘得再远一些的话，说不定能穿过银河系里一颗颗闪亮的星星呢。"

　　小丑就是这样的。其实，现在他就坐在一生中最幸福的东西面前——配香肠的豌豆汤。而且他想吃多少就能吃多少，每天都能吃，只要他愿意。但是，这一点他完全忘记了。

　　小丑现在脑子里在想的，已经是他人生中另外一个幸福的梦想了。哦，你这个来自水堡的小傻瓜，这样下去，你将会变成什么样子呢？

　　但是，善良的土拨鼠还是点点头，对他说："银河系中的星星哇！这个我是非常了解的。我在出生之前就常常在那儿作徒步旅行呢。"

　　他的这句话是什么意思，我们可能不大懂。因为一只土拨鼠出生之前在做哪些事情，恐怕只有老天和他自己知道。

　　土拨鼠对小丑说："只要你愿意待在我这里，我可以每一天为你烧好吃的菜，还有，你可以每天想睡多久就睡多久，睡到舒舒坦坦，两手两腿酥软为止。"

　　可是，小丑听了他的话，竟然骄傲地扬起了自己的小脑袋，说道："我觉得还是远方的香味更美妙。你知道吗？远方总会有一些不一样的事情发生。"

　　他补充了一句："还有呢，在远方的时候，你永远都不需要洗脸擦身子什么的。洗澡嘛，也是多余的了。"

　　没错，不用洗澡这一点对于每一个小丑来说，都是天堂级别的享受。

　　土拨鼠又说了："圣诞节到来的时候，我可以为你烘焙一些罂粟籽蛋糕。"

真的吗？生活最美妙的时刻莫过于此。

"圣诞节嘛，"小丑点点头，用他的长鼻子嗅了嗅来自远方的一丝清风，"我就是在圣诞夜诞生的。那还是好多年前发生在水堡的事情。上了年纪的格莱森纳格尔先生把我的身体雕刻了出来，他的妻子为我缝上了美丽的衣服，因为他们的女儿，小格图鲁德希望有一个像我一样的小玩偶。"

"是在一个马槽里吗？"幸福的土拨鼠问。

"不是，马槽里躺着的是小耶稣呢。他还是一个孩子。我所躺的地方是一株圣诞树的树下，离马槽也不远。一开始，我只是一个普普通通的小丑玩偶而已，但到了圣诞夜，我被高高地挂在圣诞树的周围，就像一个飞翔着的小天使，到了夜里十二点，没错，正好十二点的时候，

我的口中有了一丝热气，我就有了生命！从那时开始，我就到处走，因为我希望周游整个世界，在这个世界的某一个地方寻找到属于我的、真正的幸福。"

"好，我懂了，"土拨鼠喃喃地说，"我祖母曾经告诉过我，谁要是遇见了一个天使，那么天使就有可能赐予他或者她一对漂亮的翅膀。当然，那要看他或她的运气了。"

这天夜里，小丑睡得有点不踏实。到了第二天早上，他完全忘记自己做过了什么梦。

12 月 3 日

先来了一只名叫弗里德的兔子，然后他就躺在了盛满卷心菜沙拉的马槽里，最后……小丑将要变成一个天使啦！

第三天，虽然早餐仍然是一如既往的丰盛，可是小丑没有太大的胃口。

"你生病了吗，我的朋友？"土拨鼠问道，心里充满了悲伤，"或者，你失恋了？"

"不是失恋，但也是一种差不多的感觉。"小丑说，"更准确地说，这应该是一种乡愁，是想念我的家乡水堡了。我正是在一个圣诞夜，在水堡出生的哟。我离开那儿已经整整二十一天了。那儿住着格莱森纳格尔一家，他们就是我的父母呀。"

"乡愁，"土拨鼠幸福地点点头，"这是一种神圣的东西，有时，我也会有一点乡愁。我会想念我所来自的地方，就是那条长长的、长长的银河。"不管是水堡，还是银河，当乡愁从心底泛上来的时候，它们总是那么远，那么远。

"水堡的确很远。"土拨鼠这么说，"你必须乘飞机回家，或者干脆装上一对翅膀。"

"对，装翅膀！"小丑点点头，"如果有了翅膀，那将成为我一生中最幸福的事情了。就像一个天使，对吗？我多希望在圣诞节得到一对翅膀，作为我的圣诞礼物呀。"

因为土拨鼠是一个非常理智的家伙，所以他说："那么，小丑，你得马上启程了。我亲爱的朋友，你必须知道，一个小丑一定要追随他自己内心的渴望。消除乡愁是一件很困难的事情，所以你必须立即动身。但愿你能长出一对漂亮的翅膀，那么往故乡吹的风就会很快将你捎回水堡的。再见了，我亲爱的朋友。"

　　小丑衷心地感谢了热情好客的土拨鼠，尤其感谢他烧出的美味佳肴——豌豆汤和香肠，然后就起身上路了。他步履蹒跚地走在厚厚的积雪中。这一天，太阳很好，所以白皑皑的积雪都闪出了迷人的亮光。他心想："真是一个让人陶醉的日子啊。在这样的一天里，或许每一个路口都有幸福在等着我，等着路过的行人将它们拾起，带回家呢。"

　　没走多远，小丑就在路上遇见了一只蓝色的兔子。他从左侧的田野蹦蹦跳跳地跑了过来，想和小丑交谈。

　　"陌生人，你要到哪里去？"兔子问。

　　"笔直向前！笔直向前！"小丑这样回答他。

　　"对了，你到那里去做什么呀？"兔子问。

"你说哪里？"

"就是你说的，笔直向前的地方！"

"我只要朝着笔直的方向，一直走，一直走，就对了。"

"那么你究竟要到哪里去呢？"

"笔直走就对了！"

"啊，我明白了。小伙子呀，你可千万不要这么做，因为你没有目标，这样做完全是胡闹。我看不到这样做有任何意义。照我看，你还是跟着我比较好。"

"那么你要去哪里呢？"小丑问道。

"我要去马槽那儿。"

"你说的是圣诞马槽吗？"小丑突然兴奋地叫了起来，他一字一句地喊道，"圣——诞——马——槽？"

"可惜不是，我只是要去放草料的马槽。因为，那个马槽里放着我喜欢吃的卷心菜沙拉。其他一些好吃的草料都是守林人普利巴姆放在那儿的。卷心菜沙拉算得上是一种过冬的好食物，特别是在圣诞节，这样的食物真的很对我的胃口。因为，你知道吗？圣诞节本来就是一个充满着人间关爱与喜悦的节日。在这个时刻，上帝会从天上下来，来到人间，来到我们的周围。当然，就像你所说的那样，耶稣诞生的时候也是在一个马槽里，不过那是在伯利恒，一座遥远的城市哟。"

因为小丑打心底不想一个人待着，他不喜欢孤独和寂寞，所以他同意了这只蓝色兔子的提议。

"那么，你究竟叫什么名字呢？你是从哪里来的？我的名字叫弗里德，弗里德就是非常平静、舒适的意思。你是不是叫阿斯兰德，还是其他什么名字呢？"

"我不叫阿斯兰德。"小丑说，"我来自水堡。我是来自水堡的小丑。水堡坐落在多瑙河的一条支流——因河的旁边，因河发源于瑞士的洛迦诺湖，一直流入德国的巴伐利亚。"

　　"哦，原来你是来自水堡的小丑先生啊。这个名字听上去真像是一位古老的贵族。好吧，你听着，就这样，像一个骑兵一样骑到我的背上来吧，两脚叉开，两手牢牢拽住我的大耳朵。对，就这样。你知道我为什么要带你上路吗？因为你是一个古老的贵族，那么就不该独自上路，应该有一点男爵骑兵队的模样，这一点我是知道的，因为过去我就认识这么一位男爵。"

　　小丑听话地骑到了蓝色兔子的背上。

　　"那么你是在哪里出生的？"蓝色的兔子好奇地问他。

　　"嗯，就在水堡的格莱森纳格尔一家的一个马槽旁。"小丑这么回答。

"哦。这里的守林人普利巴姆先生每天一早都会在马槽里放上新鲜的饲料。对于我这样的大兔子，他的女儿玛雅·帕帕丫还会多加一份美味的卷心菜沙拉，这是特地为我准备的。因为我是蓝颜色的。不对，那是因为他们对兔子们特别友好。要我说，这是一种人性的善良。每当圣诞节快到的时候，这种善良会传遍整个世界，到处都变得那么美好！"

很快，蓝色兔子加快了蹦跳的节奏，大家就不再说话了。他们两个简直快得像一阵风，在雪地里飞速地向前窜，不一会儿，已经到了马厩。

守林人普利巴姆刚刚铺设完新鲜的草料，并且在马槽的角落里放上了美味的卷心菜沙拉。

"瞧，这不是为我准备的吗？亲爱的。"兔子见状欢呼了起来，不顾一切地冲向了他的美食。

他又对小丑补充了一句："既然你现在是我的朋友了，那么也可以大胆地闻一闻这美味佳肴，弄点尝尝吧。"

不吃，小丑摇了摇头，兔子饲料什么的他完全不感兴趣，这才不是他喜欢吃的呢。更重要的是，他已经非常累了。

小丑这时最希望做的，就是舒舒服服地躺到柔软的干草上，香喷喷地睡上一觉。

他就这样，美滋滋地睡了一天一夜，一直到第二天早上，守林人普利巴姆来马厩重新铺干草的时候，发现了他。

"哦，这里有一个马槽玩偶！仿佛就是从天上掉下来的。这个我倒可以派上用处。因为我的夫人还需要用旧玩偶改造出圣诞节用的小天使。这个挺好的，只要用线缝上一对漂亮的翅膀，那么它立刻就是一个天真可爱的小天使了！"

说完，他就把沉睡中的小丑塞进了自己的夹克衫口袋里。小丑就这样被带回了普利巴姆的家。

12 月 4 日

"我们都会变成天使，"魔鬼说，
"外面到处是自由自在的新鲜空气呢！"

　　家里，守林人普利巴姆从夹克的口袋里掏出了一只小丑，将它放在了桌子上。

　　"瞧瞧，瞧瞧，亲爱的，这儿还有一只小丑，你可以把它做成一个天使哟。"守林人对他的妻子说。

　　"还要做一个吗？这样的话，我们就有十二个天使了。现在，我们还需要一个耶稣、一个圣母玛利亚和一个约瑟夫呢。十二个天使……这会不会有点太多了？"

　　"天使嘛，是永远不会嫌多的。"守林人说。

　　"但是，其中的三个必须穿上老虎衣哟！"玛雅·帕帕丫从她的房间里跑了出来，大声地喊道。自从她爱上了一只小老虎，玛雅·帕帕丫成天就想着在各种东西上画上一条条的纹路。

　　守林人不高兴了："天上可没有什么老虎天使。"

　　"谁说的？你难道去过天上吗？"

　　"没有去过，但《圣经》里写得清清楚楚，那儿是没有老虎天使的。只有《圣经》里所写的东西，才是正确的。"

　　" 不 会吧，我才不相信你的话呢。既然地上有老虎，

天上就一定会有一个老虎天使，因为天使是给所有生命准备的，没有例外！"

"听着，玛雅，如果你再这么不听话的话，圣诞节那天我就不会给你什么马槽玩偶了。"守林人大声地呵斥道。

"你是从哪里得到那东西的？"

"他就放在马槽里。"

"谁躺在了马槽里，谁就一定是我们亲爱的耶稣。因为只有耶稣才会躺在马槽里。这在《圣经》上写得清清楚楚。"

"我不许你这么没有礼貌！这儿有一个小丑的玩偶，大家都看到了。现在要把他做成一个天使的模样。"

就在这个时候，小丑突然苏醒了，他竟然听到了守林人普利巴姆所宣布的事情，他听到了：自己将要变成一个天使，一个长着美丽翅膀、会飞的小天使！

幸福从来都没有离他这么近，这么近。

这样一来的话，小丑就能扑打着翅膀，飞回他在水堡的家乡了。他的归来，一定会为家乡好心的格莱森纳格尔先生一家送上一份惊喜！这时的小丑头脑非常冷静，就像小孩子在牙医那里常常听到的那样："不要惹人注意，伙计，否则事情会被弄糟的。"

这一点，小丑是从约翰尼·施纳普斯格拉斯那儿学来的，他曾经和这个家伙一起蹲过好一阵子监狱。

"如果他是在马槽里被捡到的，"玛雅·帕帕丫坚持说，"那么就让他扮演耶稣，又有什么不可以呢？"

小丑听到了这句话，立即嚷了起来："不要！不要！我宁愿做一

个天使！我最想要的不是变成耶稣，而是长出一对翅膀，这样我才可以顺利地飞回水堡。耶稣，大家都知道，是没有翅膀的！"

但是，帕帕丫一家完全没有听到他的喊声，因为大伙都在吵吵闹闹，争论个不停。

"行了！不要说了！"帕帕丫的妈妈说，"如果你再胡闹的话，我就用水泥来烤圣诞节的小甜点，用石子代替葡萄干！"

听妈妈这样一说，帕帕丫就不敢再说什么了。

又过了一小会儿，玛雅·帕帕丫还是忍不住发问："妈妈，还有几天才到圣诞节呢？"

"二十天。"普利巴姆夫人说完，将小丑塞进了抽屉里。

抽屉里黑压压的一片，在这片黑暗中好像有谁在说话："谁？是谁从外面进来了？让我们把他的头颈给扭断！这是一个朋友，还是一个敌人呀？"

"我是你们的朋友。我是一个小丑，来自水堡，遥远的水堡。我现在还在成为一个天使的路上呢。"

"哈哈，你真是个大呆瓜，这里的每一个人都在成为天使的路上。我是一个魔鬼，在你旁边躺着的那个过去是警察。还有，你现在躺在了一只长毛绒的兔子身上，所以才会感觉到软软的。在这个'悲伤谷'里，还有许许多多其他的长毛绒兔子呢。他们都想有一天能变成天使呢！哈哈哈哈，真有趣，你不觉得这是一个天大的笑话吗？哈哈哈，你懂我的意思吗？你这只来自水堡的、像一头呆驴一样的小丑！这里的每一个小丑都应该变成天使！可惜的是，这是世界上最傻的傻话了，如果你懂我的意思，那么就应该闭嘴，呆驴一样的小丑！"

"好吧。"小丑只能这么回答。这时，他内心对于家乡水堡的渴望慢慢地黯淡了下来，取而代之的，是这团黑暗和这个名为魔鬼的家伙带给他的、无边无际的恐惧。"他说得不对吗？我现在只是被人捕获，然后被关在一个黑暗的抽屉里。外面的自由是外面的事情。那种自由多美好啊，仿佛大海一般欢快地召唤着我呢。而现在，我旁边躺着的是一个又一个的魔鬼，这真是一种从内心深处、对小丑的折磨啊。"

原来，在这个抽屉里，普利巴姆夫人收集来了各式各样的玩偶，他们在圣诞节到来之前都要被做成天使的模样。其中很大一部分都来自玛雅·帕帕丫过去玩过的玩具，足够称得上是一个"玩偶剧院"了。他们大多已经变旧，不好看了——有魔鬼，有警察，有某位小丑的夫人格蕾塔，甚至还有一条绿色的鳄鱼！这里放着三只长毛绒兔子，那儿堆着一叠被玩烂了的马槽玩偶。

可是，普利巴姆夫人完全不在乎，她这次会买一些闪闪发光的布料，为他们缝上新的衣裳，安上漂亮的翅膀。这样一来，到了圣诞夜，所有这些破旧的玩偶都会焕然一新，扬起他们的翅膀，飘浮在圣诞马槽的上空。

12 月 5 日

圣诞节到来之前还剩下一颗葡萄干，
小老虎是一个赖皮鬼！

夜里，下雪了。小老虎与小熊住的屋子顶上，已经覆盖了厚厚的一层白雪。壁炉发出噼里啪啦的声响。小小房间里暖洋洋的，他俩很舒服。在储藏食物的屋子里已经摆满了可以应付一整个冬天的粮食。

"还有几天才到圣诞节呢？"小老虎问小熊。

"十九天。"小熊回答说。

"你怎么知道得这么清楚呀？"

"小姑娘玛雅·帕帕丫昨天告诉我，还有二十天。现在嘛，已经又过了一个晚上，所以要把二十减去一，就成了十九，所以我们还剩十九天。"

"那么，她是从哪里知道的呀？"

"是从她爸爸那里。因为她爸爸普利巴姆是一个很了不起的守林人。他在前天说，还有二十一天。后来又过了一个晚上，所以要把二十一减去一，就成了二十，非常简单。"

"好，"小老虎说，"的确非常简单。"

过了一会儿，他又有疑问了："那么十九是对了，但是，十九又是多少呢？"

"这样假设吧，这里有十九颗豌豆。每一颗豌豆都代表着一天。直到圣诞节，我们还有十九颗豌豆，也就是十九天。如果我们每天吃掉一颗豌豆，那么等到豌豆被吃完，圣诞节就来临了！"

"好吧，"小老虎点着头说，"这个我懂了。"可是又过了一会儿，他又问道："覆盆子！我们能不能用覆盆子来代替豌豆计数呢？"

"可以啊，不过，我们可没有覆盆子，因为冬天本来就是没有覆

盆子的。我们只能弄到腌制过的糖渍覆盆子，但是这就不行了，因为糖渍覆盆子的上面有糖浆，会黏在桌上的。"

"嗯，那么杏仁行不行？比如，包裹着一层糖衣的杏仁？能用它们计数吗？"

　　"如果我们有，倒是可以的。只是我们现在没有。因为只有真正到了圣诞节，我们才能瞧见糖衣杏仁。糖衣杏仁本来就是一种为圣诞节准备的食物，这是一个小秘密，这样才会给我们带来惊喜啊。"

　　"哦，原来是这样啊。那么我想到了另外一个。普通的、甜得像花蜜一般的大葡萄干能不能用来计数呢？它们可不是为圣诞节所准备的惊喜哟！"

　　"这个倒也行。"

　　"那么你就把它们放在桌上，好吗？"

　　于是，小熊把十九颗普通的、甜得像花蜜一般的大葡萄干放到了桌子上。他说："这代表，过了十九个白天和十九个晚上，我们就能迎来圣诞节了。"

　　"太棒了！"小老虎兴奋地叫了起来。可是，他不一会儿却爬到了桌子底下，因为他需要在那里思考一些问题。

　　"假设一下，如果只有九颗葡萄干，那么这代表了什么呢？"

　　小熊回答："这代表距离圣诞节只剩下九天了。如果只剩四颗葡萄干，那么距离圣诞节还剩下四天。因为每颗葡萄干都代表了一天。现在你明白了吗？"

　　"在理论上我懂了，毕竟我不是呆子。"小老虎这么喊着，开始在小房间里来回地走呀，走呀，样子和大诗人歌德一模一样。

　　"如果只剩两颗了呢？"

　　"那说明距离圣诞节只有两天了。"

　　"这么简单的道理，一只蚊子也能弄明白。"小老虎一面说着，一面给他那只老虎鸭玩具的轮子上油。

　　小熊呢，用他的笛子吹响了一首名叫《小雪花》的歌谣。后面一首叫《白裙子》。小老虎在一边用心地听着，表情非常认真和虔诚。到了晚上，他俩都去睡觉了。

　　第二天一早，天刚蒙蒙亮的时候，小老虎就把小熊喊醒了："小熊，醒醒，快起来看看吧，离圣诞节只有一天了！"

　　"谁说的？"

　　"你说的呀，因为桌子上现在——你瞧瞧——不是只剩下一颗葡萄干了吗？"

　　的确，现在的桌子上，明明白白地放着一颗葡萄干。

　　哎呀，我可爱的小老虎啊，你真是一个不要脸的赖皮鬼！

12 月 6 日

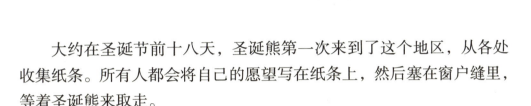

圣诞熊在小纸条上写下：
"为什么再也找不到一只老虎了？"

　　大约在圣诞节前十八天，圣诞熊第一次来到了这个地区，从各处收集纸条。所有人都会将自己的愿望写在纸条上，然后塞在窗户缝里，等着圣诞熊来取走。

　　在这个村庄里，住在一个聪明的小姑娘，大约只有七岁又三个月零四天，她的名字叫小罗塞尔。她的妈妈是一个同样聪明的妇女，名叫普拉什拉克。其实，普拉什拉克夫人并不是小姑娘的亲妈妈，因为小姑娘真正的生母已经溜走了，不知去向。当时的小罗塞尔还不叫这个名字，她被孤零零地留在了一个地方。于是，普拉什拉克夫人成了小罗塞尔的妈妈。其实，普拉什拉克夫人比她真正的妈妈可能还要好些，因为从来也不揍她，哪怕她不听话——如果她真的妈妈来了，就说不定咯！

　　普拉什拉克夫人非常穷苦。

　　而且年纪也大了。

　　她的退休金只有一点点，少得非常可怜。

　　圣诞熊嘛，首先都会到这样贫困的人家拜访，因为他们才是最需要关心和帮助的人。

　　"今天，好漂亮的大雪啊！"圣诞熊一边这么嘟囔着，一边摩擦着自己的两个大熊掌。

　　"如果白雪一直这么下，这个圣诞节一定非常的美丽。孩子们一定会很高兴的。"

　　然后，他就走进了普拉什拉克夫人所居住的小村子，她和小姑娘罗塞尔都住在马厩旁边搭起的一间小屋子里。因为这样就可以离普拉

什拉克夫人工作的地方近一些，她的工作就是扫除马厩里的粪便，然后为奶牛挤奶。

圣诞熊说："让我瞧瞧，小罗塞尔写下了什么愿望。"

这是小罗塞尔生命中写下的第一张愿望纸条，因为在此之前，她完全不会写字。

"我希望我能得到一只老虎。他会亲吻你们所有人。罗塞尔·普拉什拉克。"

"唉，这个可爱的小罗塞尔。"圣诞熊又嘟囔了几句。他的本领很大，能满足几乎每个人的愿望，就像亲爱的天父一样。但是有些愿望实现起来就比较困难了。

他一边在雪地里走着，一边沉思默想着。他就这样绕着村子转了一圈，然后又绕了回来。

圣诞熊从口袋里掏出了一张空白的"圣诞熊纸条"，然后在上面这样写道：

亲爱的小罗塞尔：

你好！据我所知，几乎所有的老虎都灭绝了，因为总有一些人希望用他们的皮来做裘皮大衣。你可以问他们要这样的老虎或者老虎大衣，但是，我绝对不会这么做，因此我，圣诞熊，没法弄到什么老虎。但是，我倒知道有一只猫咪，她和老虎太像了。另外，如果要饲养一只老虎，必须给他准备一个大大的花园，这样他才能在里面散步，所以这一项预算是相当惊人的。总之，小罗塞尔，如果你想要一只猫咪来代替老虎的话，那么就在这张纸条上写："我同意，罗塞尔·普拉什拉克。"这样一来的话，事情就解决了！

你的年老的圣诞熊

圣诞熊就把这张纸条塞进了普拉什拉克家马厩旁边那间小房间的窗户缝里，然后踏着皑皑的白雪远去了。

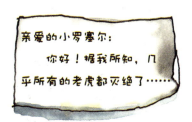

12 月 7 日

守林人普利巴姆总算开始做马槽了，
但是他还缺一个小小的耶稣玩偶。

"普利巴姆，离圣诞节只剩下十七天了。你应该马上去做一个马槽，"他的妻子这么对他说，"否则我们直到圣诞节降临都完成不了这个工作的！"

于是，年老的守林人去木匠作坊取来了一块块的木板，又去五金店铺买来了足够多的铁钉。然后，他将自己的锯子磨得锋利极了，又把那把大锤子准备好了。

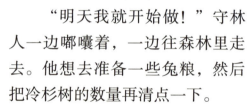

"明天我就开始做！"守林人一边嘟囔着，一边往森林里走去。他想去准备一些兔粮，然后把冷杉树的数量再清点一下。

当他回到家里的时候，普利巴姆夫人已经将为马槽所准备的玩偶清点完毕了。她把将来需要用的小天使整齐地放到了抽屉里，并检查了一下针线盒里的纱线够不够。她说："我们为马槽所准备的玩偶还不够呢，雅各布·普利巴姆！你还得削出一些来，这样我们的马槽仪式才不至于泡汤！"

"我哪有时间做那么多事情哟！我亲爱的普利巴姆夫人！"

守林人普利巴姆开始发牢骚了，"又要做一个马槽，又要去喂兔子，还要清点冷杉树，也不能忘记填单子，你说哪里还有空去削玩偶呢？你要知道，我毕竟还是一个凡人啊！"

为什么要填单子呢？原来，普利巴姆每天都要去森林里清点冷杉树的数量，然后将数字填写到一张单

子上，然后将前一天的数字减去今天的数字，得出的结果就是"圣诞树小偷"来他的森林里偷去的冷杉树的数量。将这些讨厌的、简直像土匪一样嚣张的窃贼锁定，并及时报告上级林业部门，就是普利巴姆作为一个守林人的职责。最晚不过再等一周的时间，第一批来偷树的窃贼就会出现，那时，普利巴姆会躲在暗处，伺机而动，来一个人赃俱获。

"我们还缺一个耶稣、一个圣母玛利亚、一个约瑟夫、几个牧羊人、一头牛和一头驴……"

"我有办法！耶稣可以让小老虎去扮演！"玛雅·帕帕丫叫了起来，"他实在太可爱了！我去穿一件长衣服的话，就可以扮作圣母玛丽亚。小熊嘛，就去当约瑟夫，又高又胖的森林大熊当圣父再合适不过啦！"

"傻孩子，圣诞夜的时候，圣父是不会露面的。"守林人说，"你所说的这些，简直是胡说八道。"

"还有，你可以扮演公牛呀！"玛雅·帕帕丫说完这个，就一溜烟逃开了，因为她不知道普利巴姆是来拧她的耳朵，还是只笑笑就算了。

"让一只老虎扮作耶稣——简直就是疯了，真不晓得这个调皮的小姑娘脑子里是怎么想的。"普利巴姆在后面骂了两句。

"那总比教堂里的石膏像要好多了吧。"玛雅·帕帕丫一边叫嚷着，一边跑远了。

守林人普利巴姆拿起了锯子、榔头和几块废旧的木板，将上面的钉子敲弯、敲扁，这样，木板就能再派上用处了。

12 月 8 日

大猫米克什是一个流氓，
他会为此付出昂贵的代价。

在圣诞节到来之前的黑夜里，大猫米克什不停地在这个地区走来走去，这个坏家伙是在寻找一个便宜的安居地，这样圣诞节的时候，他就会有一个舒舒服服的休息场所了。那个地方一定要符合他的这几个要求：在圣诞假期那几天里可以不花钱住着，而且那儿不需要他出钱买圣诞树，最后，那个地方一定要是暖暖和和的。

今年，他有一次路过了鹅大婶的家门口，和大白鹅们打了个招呼，瞅见了在小房间里的鹅大婶，哇，她真漂亮，简直是他的梦中情人！米克什的脑子便转呀转呀，蹦出了一些坏主意。

现在还真不错，鹅大婶竟然邀请他去玩。

一周之前，她对大猫米克什说："你再多待一会儿吧，好好休息一下，要不，你干脆留在我们这里过圣诞吧？"

所以，现在米克什就找上门去了，和鹅大婶亲热得就像男女朋友一样。他们在房间里鬼混，将本来存着过冬的食物吃得一干二净，完全不在乎虚度什么光阴，他们觉得吃喝玩乐才是最重要的。

鹅大婶对米克什嘎嘎直叫唤："离圣诞节只剩下十六天了，亲爱的米克什，你猜猜我究竟想要得到什么礼物？"

米克什喵呜着说："大概是一双舞鞋吧。"因为米克什那冰冰凉的老屋子里唯一剩下的，只有一双舞鞋了。那双舞鞋是米克什为他第二个老婆买的，可是他老婆死活不愿意穿，因为她说舞鞋的颜色和她的毛色不匹配。大猫米克什一共有过三个老婆，第一个漂亮得像一个天使，第二个的身上有老虎一样的条纹，而第三个老婆就像魔鬼一样黑咕隆咚的。

"不对！"鹅大婶嘎嘎地叫，"继续猜！"

"我猜，大概是一个搅拌面团的电动搅拌器吧！"米克什喵呜着说。因为一个电动面团搅拌器花不了他什么钱，在大超市里现在正七折促销呢！

"不对，不对，我亲爱的朋友哟！"鹅大婶叫道，"我想要一件……裘皮大衣！"

"胡说八道，哪有这回事情！"大猫米克什咕哝着说，"这个世界上，哪里会有一只大白鹅穿着一件裘皮大衣？"

"我看见过不止一次呢！我好多鹅姐妹们都有一件！"鹅大婶急了，"如果一只鹅没有一件像样的裘皮大衣，那么她一定是个大傻瓜！我可不是傻瓜啊。"

"这件事情，要我说的话，与我们动物之间的博爱是相冲突的。裘皮大衣早就过时了，况且如果真去弄一件，动物保护组织一定会找我算账的。但最关键的是，我哪里有这么多钱？"

"你还说没钱？骗骗小孩子吧！我知道，你有三个老婆，你帮她们每人都买了一件裘皮大衣。难道我比她们差吗？"

"没，没，千万别说这样的话！我亲爱的小心肝。"这个坏家伙话锋一转，对鹅大婶说，"一只大白鹅穿上一件裘皮大衣，从生物学的角度看没有什么不合理的地方。相反，你会显得无与伦比的高雅。就这么说定了！我去帮你弄一件！"

"那才像话！对了，一定要一件黑的！这样才最配我白色的羽毛呀！"

"好好好，我这就去弄。"米克什，这个狡猾的、喜欢诱惑白鹅的家伙说完，就喵呜喵呜叫着打开了房门。每当米克什这样喵呜叫唤的时候，就意味着他要开溜了。他轻手轻脚地跑了出去，然后同样小心翼翼地把身后的房门关上，溜得无影无踪。

再见！再不见！

12月9日

魔鬼始终是魔鬼，
鳄鱼玩偶得到了一对红色的翅膀！

这段时间守林人普利巴姆每天都往饲料槽里添加食物，并清点冷杉树的数目。到圣诞节还有十五天呢，就已经有一些树被偷掉了。

"爸爸，你可能会省下很多体力呢，"玛雅·帕帕丫说，"如果你在我们家的厨房喂养那些兔子的话。"

"在林区里面自由自在地奔跑的野生动物，是森林以及捕猎管理处的公共财产哦，林区和管理捕猎的人员既不能够把这些动物带到他们家里去，也不允许与这些动物建立友好的关系，因为这样的话会大大增加限制狩猎的难度！违反这项规定的人就只好等着被开除吧。"这位守林人咕哝道，"而且在家里喂兔子的话，屋里会有一股兔子粪便的臭味啊。"

"那圣诞树你也不用去清点呀，因为圣诞节是上帝的儿子的生日，人们是为了表示对他的敬意才在圣诞节妆点这些树的。所以，小偷们不应该被指控，因为上帝的东西就是大家的东西呀。"玛雅·帕帕丫噘着嘴说道。

"按照森林管理局的法律规定，偷窃圣诞树的人就是犯罪者，他们都要被抓捕的。一名守林人就是一名公职人员，抓捕偷窃圣诞树的贼是我的职责所在。否则我们就得搬出森林之家。因为森林之家和冷杉树都是国家的财产啊。你难道想要我们被人从森林之家赶出去吗？"

"嗯，那就飞起来啊！如果我们飞起来，我们就是天使啦！而且所有的官员都是罪犯啊，报纸上就是这么写的。行贿，受贿，偷窃——你读读看呀！"玛雅·帕帕丫把一份报纸拿到他眼前。

圣诞节前的日子就这样在吵吵闹闹中过去了，这位守林人忘记建

造圣诞马槽了，不过他是一点时间都抽不出来。

　　他的妻子可就不一样啦。她的圣诞任务都快完成了呢。她已经置办了足够多的料子。亮闪闪的布料是特价买的，六米才三马克，这些都够做十三个小天使啦！还有一小块虎皮纹的布料，这样的话，玛雅·帕帕丫就可以得到她的小老虎天使了。

　　"我要把那只长毛绒兔子改成一个小老虎天使，"普利巴姆夫人说，"当然了，不能留着尾巴，天使怎么可能有尾巴呢。"只花费了一马克，她就把小天使的头发、金色的纽扣以及要往小天使脸颊上涂的红色颜料都弄到了手。

　　"如果天使们长出了尾巴，他们就是魔鬼了啊。"

　　首先她得把玛雅·帕帕丫的那些旧玩偶重新改造一番。

　　警察先生，就是我们早就认识的那位，现在头盔上面被粘上了天使的头发，他还穿上了一条粉红色的小裙子，长出了一对银色的翅膀，下面穿的皮靴也被剪短了。然后是那个魔鬼玩偶。在本质上，魔鬼当然还是魔鬼，不过我们可以把他的小犄角藏到天使头发下面，在他红红的脸蛋儿上涂一层牙膏，再往他的脸颊上点个红点——就这样一个

智天使就诞生啦！再就是格蕾塔，某个玩具小丑以前的妻子。"不用改她了，这样就很好呢。"普利巴姆夫人说，"女士们本身就像是天使啊。"所以格蕾塔就只得到了一对小翅膀，不过她的衣服肯定是被补过了。

至于小鳄鱼。"这家伙很难改造。"普利巴姆夫人嘟囔着。不过在结婚前她可是裁缝呢，这方面她是很在行的。她把小鳄鱼的尾巴剪掉，再把他的大嘴稍微缝合了一些，之后沿边缝上一圈白色的亮片。还给他缝上了红色的翅膀，因为红色跟他绿色的大嘴很相配啊。

"看起来时髦极了！"普利巴姆夫人点头道。

当普利巴姆先生不在家的时候，她也会跟自己讲话的。通过这种方式，她至少不用跟自己怄气。因为她总是想到什么就说什么。然后，她累了，于是她把其他玩偶放回抽屉里，就去睡了。

12 月 10 日

在这个夜里，普利巴姆夫人睡不着。

六翼炽天使[1]来自银河系。

在这个夜里，普利巴姆夫人却睡不着了。"再过十四天就是圣诞节了啊。普利巴姆连一个小偷都没逮到，圣诞马槽他也还没有做呢，而我也还没有把天使们缝完，这样会出问题的。圣诞节没有马槽，那圣诞节就会一塌糊涂了。"

就这样在惶惶不安中，她又迷迷糊糊地睡了过去。然后她觉得，好像自己起身朝厨房走了过去。打开灯，把针线摆出来之后，她伸手从抽屉里抓了一只玩偶出来，想着用它来缝一个小天使。

她摸到了孤独小丑。

"哎呀，我怎么完全不认识你呀，小家伙。我们有没有曾经在哪里见过呀？"

"见过面？"小丑说，"当然没有！你不认识我可是一点都不奇怪的。你从来没有出去转转过，整天就待在这片林子里，钩钩沙发垫什么的。你必须去大千世界走走啊，像我一样嗅嗅银河系的风，然后你可能就会认识我了。我是来自水堡的小丑。认识你很高兴！整个世界我可是都认识的哟！现在么，我正在探索小丑存在的意义以及生命的本质呢。"

"哦哟，快来看看呀！"普利巴姆夫人说，"这只玩偶居然在说话！而且他还在大声地说些毫无意义的话。真是太奇怪了！嗯，或许我只是在做梦。玛雅·帕帕丫说小丑们会讲话，我从来就不相信她。她甚至会跟兔子们讲话，还声称她与一只老虎订婚了，这不是胡说八道么。整个世界都在瞎扯，根本没有任何意义，不是么？"

"不，"小丑叫道，"我们所说的都是真的啊，根本不存在'毫

1.依撒意亚先知书中说，六翼炽天使名叫"色辣芬"，有六个翅膀：两个盖住脸，两个盖住脚，两个用来飞翔。

无意义'这一说法，因为只有没有意义的事情才是真正有意义的呢。"

"小家伙，我是应该把你变成一个漂亮的小天使呢，还是可爱的小耶稣？我们现在其实已经有足够多的天使了，就还差小耶稣没有做。"

"不要不要，我不要做小耶稣！我想要成为一个天使，因为我需要翅膀，因为我必须赶紧飞去水堡。我的父母，格莱森纳格尔夫妇住在那儿，我想要给他们一个惊喜呢。"

"嗯，这样的话呢，我就给你缝上一对特别大的翅膀吧。只是这顶帽子你得丢掉。"

"不，不能扔掉这顶帽子啊，没有帽子我就只是半个我了呢。没有帽子就不会有人认得我了。"

"行，那就留着这帽子。我用天使的头发把它遮一下好了。但是这双靴子你得脱了。"

"不要，靴子不能脱。这双靴子是用来纪念我的朋友塔夫的。是他给我制作了这双靴子呢，因为有一次，在我飞越银河系落到一个人类的驴槽里时，一只驴把我的脚给啃了。而且这是一双七里靴。一步就是七里。不过问题是这双靴子不能在雪地里走，所以我得拥有一双翅膀呀。"

"那我把它们缝到裙子底下去，遮一下。"

于是她给小丑缝制了一袭白色的天使长袍，之后又给他缝上一对大大的翅膀。最后在他的帽子上面粘上了天使的头发，并把靴子藏到了裙子底下。

"你现在就变成一个六翼炽天使了呢。"她说。

"什么是六翼炽天使呀？"孤独小丑问道。

"是《圣经》里的一种天使。"

"是好的天使么？他也是银河系里的，而且能够飞得很快很快的天使么？"

　　"他是完完全全属于银河系的，飞得有可能会像一支火箭一样快，因为六翼炽天使就住在银河系中。"普利巴姆夫人边说边把他塞到黑漆漆的抽屉里去了。之后她就像条死鱼一样沉沉地睡了过去，什么都不知道了。

　　第二天早上，她对守林人说：

　　"普利巴姆，我梦到一个来自水堡的小丑，他能说话呢。我把他做成了一个小天使。你认为这只是一个梦么？"

　　"是的，只是一个梦。"老守林员说。

　　不过普利巴姆夫人把小丑从抽屉里拿了出来，把他放到普利巴姆的眼前并说："你看看呀——这不是梦。完全是真实的，而且还是银河系的呢。"

　　普利巴姆先生摇摇头，她就把小丑又塞到抽屉里去了。

12 月 11 日

大猫米克什看起来像一头肮脏的小猪仔。
两根面条就当是餐前小点吧！

这几天积雪融化了，大猫米克什很开心地去蹚那些烂泥巴。每个小水坑他都要去踩一下，因为这么容易就摆脱了鹅大婶，他实在是太开心了。自从她想要一件裘皮大衣开始，他就不爱她了。当应该给一位女士送件稍微贵重的礼物时，一个真正的无赖总是会溜之大吉的。米克什开溜得很顺利，所以他现在满心欢喜地把泥巴踩得啪哒啪哒响。不多时，他看起来就像只小脏猪了。现在要是有只小猪过来跟他讲话，也一点不奇怪。他俩长得几乎一模一样，都像是四月的某个工作日里的两个邋遢鬼。

"喂，在这么好的鬼天气里，你这是要去哪呀，美丽的小脏猪？"

这只小猪刚在他的猪圈前的泥潭里打过滚，所以看起来比平日里更加脏一些。

"亲爱的，你进来坐会儿呗。喝壶薄荷茶，吃点饼干，这些可是全部免费的哟。"

大坏猫今天脑子里面本来就没啥正经事，所以他就跟着小猪去了他的猪圈。结果在那儿还没吃几口沾着鸡屎的燕麦饼干呢，就呕了起来。而那所谓的美味薄荷茶，原来是跟小猪住在一起的那位农民的剩汤。当然了，这位农民住在很后面的房子里，他有自己的屋子。

说到这些粗劣的食物——即使是这么难以下咽的东西，赖皮鬼米克什也想要尝一尝，因为世界是如此之大，人们应该什么东西都见识一下嘛。而且还有十三天就是圣诞节了，这个时候的房源比较紧俏啊，在迫不得已时，睡在猪圈总比睡在火车站要强点。在吃好东西后，小猪就问大猫今天晚上是不是已经有什么安排了。

"没有，"米克什说，"没有，还没有。"

"那你就留下来吃吧，亲爱的。晚饭我们有牛奶、面条以及很多很多的番茄哦。"

然后呢，一般说来这样的一顿饭都会吃到很晚，那么客人们再离开主人家回去就不太合适，还不如直接住在主人家呢。小猪可是早就想到这一点啦，因为他打心底里希望有人来找他玩。圣诞节就要到了呀，在圣诞节人们可不喜欢孤零零的一个人呀。

大猫米克什刚巧也是这么想的，于是他就留了下来。因为他盘算着，晚餐不会只是牛奶面条的。他想，在这附近肯定有老鼠。这一点他还真没有弄错。

所以他就强忍着那股子呕吐感吃了几口面条，正正好好就两根，就当这是餐前小点了。因为他不想让那么友好的小猪感觉没面子，就称赞说他的厨艺很娴熟。然后为了能够彻彻底底地忘记那两根牛奶面条的味道，他就潜伏到角落里，把能逮到的耗子全都逮到了。嗨，能够有这么多的耗子可以吃，又得到这样一个住处，对他来说也算是一件不大不小的幸事了。

12 月 12 日

**圣诞熊一个人都不会漏掉的，
小罗塞尔非常确定。**

当收集圣诞心愿单时，圣诞熊是不会漏掉任何人的，甚至连老鼠们他也都记在心上。

老鼠娃娃图图跟她的父母还有兄弟姐妹一起住在农夫弗尔希特格特·瓦特尔那瑟家的鸡圈下面，这里是他们秋冬时节的住所。另外半年他们则住在庄稼地里的夏季公寓里。因为前一个住所的冬天特别暖和，而另外一个则特别适合夏天居住。在那儿，他们一抬头就是满眼的麦穗呢，老鼠需要麦穗，就像我们每天必须吃面包一样呀。

现在时值寒冬。在鸡圈下面，老鼠们正写着他们的圣诞心愿卡片呢。老鼠妈妈开了个头：

尊敬的圣诞熊先生：

恳请你，我想得到一本黄页电话本，如果可以的话，在里面撒点糖块。一定要最新版本哦，老版本我已经有了。事先表示感谢！

安妮丝，老鼠妈妈

"唉，"圣诞熊咕哝着，"每次都是这样。"

听人们说，黄页吃起来像柠檬冰激凌，不加糖的话就会稍微有点酸。

图图的弟弟也有想要得到的东西，可是因为他还不会写字，他的妈妈就代替他写了：

1000 克烘烤过的圣诞杏仁，蘸糖裹粉而且要碾成一小块一小块的。

2000 克挪威河鲑，要烟熏的。

一套肯尼亚或马尔代夫的邮票，后面是有黏胶的，但是不能有邮戳，因为看到盖有邮戳的邮票他就反胃。

老鼠爸爸写道：

一件新的西装上衣，大尺码，下端有开叉，带垫肩，扣纽要在右侧扣。

一根由有机蜡做成的蜡烛。

一本用来记录电话号码的、质量上乘的农夫日历，而且一定要可以用一百年，还得配有翻页活环和附录。

写信人：摩泽

图图在她的卡片上写道：

我想要迪迪·诺依曼。

　　写完之后呢，他们就把这些卡片塞到了鸡棚梯子旁边的缝隙里，夏天这里是蚂蚁们的通道，而冬天则是圣诞熊收取老鼠们心愿卡片的地方。

　　根据胖胖的圣诞熊的回复，普拉什拉克女士的孩子小罗塞尔把她的心愿修改了一下，她写了一张新的纸条：

　　这样也是可以的。如果没有真正的老虎的话，一只猫也是可以的，但是那只猫必须得看起来像只老虎才可以哦。另外，请给妈妈普拉什拉克一双包脚的拖鞋，有厚棉花夹层的那种，因为她有风湿病。

你的罗塞尔·普拉什拉克

　　"你看到了吧，"圣诞熊边说边把卡片塞到口袋里，"小姑娘们从本质上讲是善良的。简直是跟小天使们一模一样的美好啊。"

　　距离圣诞节还有十二天。正正好好，十二个白天和十二个夜晚。

12 月 13 日

赫勒女士不在以前的地方住了，
圣诞熊有点不知所措。

外面开始变暖和了，连泥巴都被晒干了。只是很可惜，雪停了。似乎春天都已经到了呢，花儿眼看着就要开了。"如果平安夜的街上没有雪的话，"小老虎说，"那圣诞节到来的喜悦感甚至是连生活的乐趣都会完全丧失了呢，我敢跟你打包票！"

离圣诞节还有十一天。

"那你就在给圣诞熊的心愿单上写上雪呀。只要你会写的话。"小熊说道。
"我当然会写，我甚至还很确定，我比你知道的还要会写很多！"小老虎嚷嚷着。

他写道：

亲爱的圣诞兄（熊）！
首先找（我）特别想要雨（雪）。
尼（你）知道我指的是什么吗？
最好是下雪下到魔鬼都处（出）来，世界都沉末（没）。
然后我还想要：
一副连指手套，要有圣（绳）子可以绕在波（脖）子上哟，这羊（样）我就不回（会）把它们丢了。
染（然）后一盒肉桂喂（味）的糖衣花生。

还有两支（只）滑冰鞋和两支（只）跟它们相陪（配）的鞋子，一顶相配的帽子和一条相配的围巾，所有的都是红色或是淡紫色哦，但不能是波点的，得是条纹的。

你的小老虎

（我猜，你认得我的对吧？我就是那只常常跟小熊待在一起的小老虎。）

他把卡片插到窗户缝中。然后小熊也带着他的圣诞心愿单来了。他在纸条上写着：

我什么也不想要。可以说，我是几乎什么都不想要——只想要一条酷酷的领带，而且领带的颜色要跟小老虎很配哦。还要一个戴在大拇

指上的漂亮的戒指，要带钻石的，但这个不一定得是真的啦。还想要两只人造苍蝇用来钓鱼，对了，还想要为我的厨房要一盏挂灯呢。

我说完了。

小熊

他也把纸条塞到了窗缝里。

圣诞熊过来把纸条取了出来，读完之后忧心忡忡地摇了摇头。之后他嘟囔道："所有的东西我都可以搞到——只是雪花，我该怎么制造雪花？这可不是我能办到的啊。我又不是全能。以前是赫勒女士负责造雪，这个她只要抖抖被子就可以办到。可是我已经很久没有听到她的消息了啊。而且现在的天气，是电视台里的天气预报局负责的呀。"

圣诞熊迈着沉重的步子离开了，一边走一边嘟囔。然后他去了赫勒女士以前住的房子。

那时候他俩之间的交情可好了，他们一起度过了那么多美好的时光，经常是一起喝酒，一起畅谈，一起把被子抖呀抖呀地造雪，他们甚至还相互亲吻过呢。

那幢房子已经坍塌了。一位邻居"狼先生"说她已经结婚了，现在住在城里。

"她嫁给了一位在电视台工作的天气预报员，叫戈菲尔·纳森图特。他之所以娶她，全都是因为她可以帮他制造天气。他现在在天气预报部门那可是牛气冲天，因为他是唯一能够准确预报天气的人。因此在电视台拿的薪水也最高。这样一个人就是一个无耻的下流胚子，你说呢？"

"狼先生"是一个聪明的小伙子，只是他并不知道她现在住在哪儿。在未来的十一天中，圣诞熊就得冥思苦想，要怎样才能为小老虎在圣诞夜造出雪来呢？

12 月 14 日

水堡的孤独小丑是怎么降生的,
水堡坐落在多瑙河的一条支流 —— 因河的旁边,
这应该是一条有一个拐弯的河。

现在普利巴姆夫人缝制的所有的小天使都躺在抽屉里,这里面简直如同天父还没有创造出世界、树木、蝴蝶、人类以及小丑们之前的那一天一般黑。"我是否应该给你们讲一讲,我是怎样被创造出来的呢?"来自水堡的小丑在黑暗中喊道,"可以说,我来自于银河系中的虚无,或者来自宇宙间的缝隙,在那儿什么也没有……我……我——我应该讲这些东西吗?"

"不,"被改缝为红色智天使的小魔鬼嘟囔着,"关于这个,我们根本就不想知道。我们想要的是这儿的寂静与黑暗。因为我就是黑暗的统治者,一个红色的智天使。我可是独自一人统治着黑暗,所有的星系、零以及虚无!"

他十分傲气地叫嚣着这一切。骄傲使人退步,《圣经》里是这么写着的。你这个魔鬼可得小心点咯!

"哎哟,就让他讲讲吧!"另外不知是谁说道,抽屉里实在太暗了。

"圣诞节也会在里面出现么?"一只被缝改过的兔子问道,他现在是小老虎天使。

"占很大一部分。"孤独小丑在黑暗中点头道。

离圣诞节还有十天。

"那就开始吧!"

这句话是格蕾塔说的,她现是一个六翼炽天使了。

"在我出现之前,那可是什么都没有,"孤独小丑开始说道,"没有小丑,没有鼻子,甚至没有我的这件衬衣。然后呢,小格图鲁德,

格莱森纳格尔家的女儿，说道：'圣诞节我想要一个小丑，爸爸。'就这样老格莱森纳格尔，他是一名铁路扳道工，取来了一块木头凿出了我的头。然后他的妻子格莱森纳格尔夫人，拿了一块布料给我缝了我的这件上衣以及这顶帽子。然后圣诞节就来了，我就躺到了马槽边上。"

"难不成小耶稣也在那儿么？"黑暗中有人惊呼道。

"不不，一开始只有我。然后格莱森纳格尔才把一个石膏做的小耶稣以及其他必要的人物带过来放到了马槽中，马槽上方还悬着一个小天使呢。在黑夜降临之后，小天使就落了下来，并且给我注入了生

命的气息。否则我就只能是一个玩偶了呀，现在我可就不是了，你们快看看呀！"

　　说得倒容易，因为四周都乌漆麻黑的，而且这个小丑现在看起来也像是一个智天使了啊。抽屉里突然静了下来。过了一小会儿有人问："这事发生在伯利恒么？"

　　"不，在水堡。"

　　"那水堡在哪儿呢？"

　　"在因河边上。因河是一条美丽的河流。"

　　"那怎么去那儿呢？"

　　"一直往南飞，一直往南。当下面出现一条只有一个转弯的河流时——那就是水堡了。"

　　"一直往南……"有一个声音轻轻地嘟哝。

　　然后大家都睡着了。

12 月 15 日

先抓到一个贼，
然后看到圣诞熊站在那儿，
结果还是没有抓到贼。

　　还有九天就圣诞节了，建造马槽的事，守林人普利巴姆连动都没有开始动呢。据说为了清点冷杉树的数量，记录那些被盗的圣诞树并向高级林业局汇报，他可是整日整夜不着家呢。"三百四十六。"他愤愤地说，并把这个数字填到要上报的冷杉树数量的清单中。"昨天还是三百三十四呢，现在被偷的树已经比去年多十三棵了。"就在这一天——距离圣诞节还有九天的时候——这位守林人收到了来自高级林业局的一封信。

　　"尊敬的守林人普利巴姆先生，"一开始还非常有礼貌，接下来就是，"……在你报告的两百一十五起冷杉树盗窃案中，你还没有能够将一个罪犯绳之以法。因此我们必须对你是否有能力胜任守林人这一职务予以怀疑。如果你到圣诞假期为止仍然还是连一名窃贼都抓不到的话，我们就必须对你采取相应的措施，作为惩罚，我们会把你调入本地县城的管理办公室……"

　　虽然普利巴姆是一个既勇敢又健壮的人，但是屋外的森林好像在守林人的眼里打转，晃啊晃啊，他快要晕倒了。

　　"那样的话，我们就得从这儿搬出去了啊，普利巴姆。"他的妻子说道，并往窗外望了一眼，像是要最后再看一眼即将失去的故乡一样。

　　玛雅·帕帕丫当然也听到了，她开始小声地啜泣，因为如果他们得从森林之家搬出去的话——那么就只能和亲爱的小老虎说再见。"没有老虎我可活不下去啊！"她开始号啕大哭。

她肯定会像一株报春花一样枯萎的，她妈妈说，如果这些森林里可爱的小动物不再围在她身边的话。"普利巴姆，我真心地请求你，去捉一个！穿上你的保暖内衣，戴上那条厚围巾、那双皮手套还有那顶长绒帽子，这样你就不会冻到了，然后你就躲到森林里去逮贼！"

老普利巴姆发了顿牢骚，把所有装备都穿戴齐全就到森林里去了。他把自己伪装成桑葚树，藏到了一处灌木丛里，这儿附近的圣诞树可是最漂亮的。因为穿得太暖和，他居然睡着了。

不知道他在那边躺了多久，反正等他听到锯齿声醒来的时候，已经是深夜了。

"吱吱吱……"

顺着声音望过去，他看到了一个人影，看到一棵小冷杉树是怎样倒了下去。他缓缓起身，迈着沉重的脚步（还好因为踏在森林的泥土上所以脚步声并不算大），从背后向这个小个子男人走了过去。然后守林人一把揪住小贼的衣领吼道："你这个贼！贼！贼！"

这是一位老人。不知道他的具体年龄，但身躯已经弯得厉害了。他肯定经历过许许多多的苦难。生活越沉重，人就越佝偻。

"我能够问一下，你在这儿做什么吗，这位先生？"

"文泽尔，我叫文泽尔，来自波西米亚。"

"哟，这个名字听起来像是一个贵族。你认为这会让我心生敬意？贵族是会有自己的林地的。所以请你不要说谎！"

"没有，没有说谎。不是贵族，只是来自波西米亚，一个小地方，很漂亮的小地方，到处飘扬着音乐。"

"啧啧！那你刚才在锯什么，先生？"

"一棵圣诞树。因为我的妻子……"

"这我看到了。那么这棵树是属于谁的呢，这位来自波西米亚的先生？"

"上帝父亲。"老人说道。这位守林人足足高出老人一倍。

"胡说，没有什么是属于上帝的，呃——至少这棵树不是……我认为，上帝拥有一切但也是一无所有。不过这棵树不是他的，它是属于国家的，它会将你送上法庭。你要坐牢，文泽尔先生，这是很严重的盗窃罪，你得坐牢！"

"嗯，"这位老人点头，"上法庭这个我知道的。"

他穿了一件薄薄的旧大衣，指头冻得发紫，伸不直。

守林人从包里抽出了一个记录本："你叫？具体点，说全名。"

"文泽尔。"

"姓冯·波西米亚？"

"不是。波西米亚是我出生地的名字。我的姓也是文泽尔。"

"这不行。姓和名得有区别，历来都是这样。"

"这可以的。"这位老人说，"因为，你看看，我们文泽尔一家都是来自波西米亚。我的父亲就已经名叫文泽尔，姓也是文泽尔了。在他之前，他的父亲以及其他的祖辈也都是这样。我父亲太喜欢这个名字了，以至于他把他的孩子们，十四个存活下来的小男孩，都起名为文泽尔。你看呀，这完全是可行的。"

"哎，你在讲什么啊。把树立在原处，你跟我来，文泽尔·文泽尔先生！"

"遵命，先生。但是它立不住呢。"

"谁立不住？"

"那棵树立不住。"

"那你就把它平放在那儿！"

"可是这样它会腐烂的，多可惜啊。这可是一棵漂亮结实的圣诞树呢。"

守林人普利巴姆看看那棵树想了想。文泽尔说得的确有道理，在这儿它会腐烂掉。

"那你就扛着那棵树跟我来。"

当他们穿过森林的时候，守林人普利巴姆看到了圣诞熊。像他那样子站在那儿，一切都看得再清楚不过了。

守林人从文泽尔手里把那棵圣诞树接了过来，并且把它扛到文泽尔家里去了。当他回到家时，他的围巾和连指手套都没有了。也没有逮到小贼。从此以后他也不再向高级林业局提交被盗冷杉树的清单了。

因为，当他看到圣诞熊站在那儿的时候，发生了些事情。

12 月 16 日

羽毛披肩是件奇怪的东西，
大猫米克什在圣诞节又没地方住了。

　　大猫米克什在小猪那儿住了一小段时间之后心里清楚，在小猪这儿现在就只有前菜，已经没有耗子了。于是这个无赖就说："还有八天就圣诞节了啊，我的小宝贝儿。我现在得赶紧去趟理发店，去理理

头发刮刮胡子什么的哟。"如果一只大猫很礼貌地讲话的时候，那他绝对没安什么好心眼儿，其实就想着要开溜。米克什就是一只大猫。

一开始小猪相信了他，在卧榻上转了个身就又睡过去了。否则他早就死死抓住大猫的尾巴了。过了一会儿他才想起来，这只大猫是不会让人给他刮胡子的呀，没有什么比他的胡子更加神圣不可触动的。但是已经晚了呢。

大猫米克什早已经毫不迟疑地去了他第三任妻子那儿，她黑得就像个魔鬼似的，而大猫离开她也有一段时间了。不过呢，他很坚信，她是依然爱着他的。

想错咯，我亲爱的大猫，不是所有的猫都那么傻。

他装得像是什么也没发生过一样，像他只是一小时前出去散了会儿步，既没有说"你好"，也没有说"早上好"，只是虚情假意地问了问——因为他可能认为，她根本就没有意识到，他已经数周没回家了——说："咱圣诞节要做什么呢，我亲爱的宝贝儿，给哥哥说来听听？是你给咱们烤一个撒有苍蝇葡萄干的、超级美味的老鼠蛋糕呢，还是我们一起做点其他的哩？"

"我们做些别的，"黑猫说，"我们可以飞去马略卡岛，我的小宝贝。就像现在流行的那样。现在特别流行过圣诞节去马略卡呢。"

米克什微微吞了一口唾沫。对于一只猫来讲，这样过圣诞节太累了，而且太费周折也太贵了。他不是还有另外两位妻子么？在他看来她们也还爱着他呢。

"两个人要花掉一千多马克呢，零花钱跟其他杂七杂八的费用还没算在里面。那你认为，谁应该来支付这笔费用啊，米亚？"

"你！"这只叫米亚的黑猫说道。在热恋阶段他还很肉麻地叫过她"咪咪"。

"那用什么支付呢？"

"用老鼠，我亲爱的。"

他点点头。自是不必说了，他现在就像讨厌湿淋淋的毛皮一样，讨厌这趟飞行。

　　"那你要穿什么呢？"米克什问，因为他知道她没有夏天衣服而又很爱慕虚荣，"你不会想要在南方那么热的地方光着皮毛到处跑吧，哈？"

　　"就是这样。而且还有呀，圣诞舞会我想要一条羽毛披肩。白色的披肩配黑色的皮毛是最新的流行趋势呢！"

　　"一件羽……羽……羽毛披、披肩！"他惊呼，然后嘿嘿笑了起来，像是她开了个不错的玩笑一样，"现在哪里还有羽毛披肩？已经没有人戴这种奇怪的东西了啊。你认为，我从哪里能搞到一件这个，哈？"

　　"从你女朋友，大白鹅那儿！"

　　现在可是真相大白了啊。米亚其实什么都已经知道了，所以整个马略卡之行就是她演的一场闹剧啊，完全只是为了让大猫米克什难堪。她一手抓住他的后背，把他给扔了出去。外面还是没有下雪。

12 月 17 日

老文泽尔家里是怎样没有柴火生炉子的，
老守林人又是怎样把他的手套给丢了的。

守林人深夜才回到家，静静地躺到床上，没有人被吵醒。甚至连他们家的狗也只是摇了摇尾巴致意，并没有像往常一样大声地汪汪。像是不应该有人醒来似的。

第二天他妻子说："逮到一个了么？"

"逮到什么？"

"贼。"

"没有。"

一会儿她又折回来了："你的皮手套呢？我得戴着去拾柴。"

"我肯定是忘在马槽那儿了。"

"希望你还能找到它们，这可是你最暖和的一副了啊。"

她捡柴去了。普利巴姆开始在屋里以及猪圈里瞎折腾。他一会儿找找木块一会儿翻翻工具，或者是他自己根本就不知道他在找什么，整个一副魂不守舍的模样。

那么昨天究竟发生了什么事情呢？

他跟着老文泽尔去了他家。因为这位守林人必须得在那儿，把这个贼的信息登记下来。身份证号码、现居住地址、财产状况以及其他所有的信息。

看到老文泽尔扛着树走得气喘吁吁的，守林人就把树扛到了自己的肩膀上，而且还边走边搀扶着文泽尔。到家之后，他把树立在了文泽尔家的门外。

老文泽尔和他的妻子住在一个小屋子里，前面有一个大粮仓，里面存放着粮食，文泽尔负责看管这些粮食，以此赚点钱。退休金他是

没有的，因为他来自波西米亚，在证件上有一些内容跟退休金领取的规定不符。

文泽尔的妻子躺在床上，病恹恹的。小屋子里冰冷冰冷的。

"怎么了，文泽尔？这位先生来拜访我们么？都已经午夜了，你快给他做点吃的，他肯定饿了，对了，你找到一棵圣诞树了么？"

"嗯，而且是一棵很漂亮的圣诞树呢。这位先生就是想来了解些情况，玛丽，一切都不坏。政府的，我想说，他是政府的人，想来问些东西。我们的证件在哪儿，你知道吗？"

在说这些话的时候，他把食指点在嘴上，示意守林员不要让他的妻子知道这些事情——关于他的罪行以及蹲监狱的事。

"她病了。"他对守林人说。证件在橱柜上面的一个纸盒底下压着。

守林人环顾了一下四周，想知道炉子为什么没点着，文泽尔说："我们没有木柴了。"

在森林里有足够多的木柴啊，守林人普利巴姆说，但随即意识到，那也算偷窃，而怂恿别人去偷窃，这本身也已经构成了一种犯罪行为。

　　因此他微微摇了摇头。普利巴姆把自己的套头毛衣脱了下来，因为外面的短大衣是属于高级森林管理处的。他把套头毛衣连同连指手套、围巾，还有他妻子给他准备的夜宵以及他厚厚的长绒帽子一起放到桌子上。文泽尔的证件他也放在原处，没有动，而且还说，他明天会再来的。就走了。临走时他还把手搭到文泽尔的肩上小声说："很快就是圣诞节了，好伙计，嗯。"

　　什么都没有记录下来。

　　门外站着的圣诞熊在微笑着颔首示意。这就是前天晚上，普利巴姆逮到文泽尔在森林里砍圣诞树的那天晚上，发生的事情。

　　现在离圣诞节还有七天。

12 月 18 日

戈菲尔·纳森图特不在家，
然后赫勒女士亲吻了圣诞熊，
而且天上飘雪了。

圣诞熊很快就找到了赫勒女士。因为在电话本中就只有两个纳森图特。其中一个叫马托伊斯·纳森图特，另外一个就是戈菲尔·纳森图特。

"不是所有的圣诞任务都这么简单呢！"圣诞熊咕哝道，"如果赫莉嫁给了一位穆勒的话，那我就不可能找到她了。电话簿中姓穆勒的人有八页呢。"

那时候他还叫她"赫莉"，是她的昵称。

"茨威福斯大街 13 号"，他站在这儿。这在地图上很好找。他按了按第四层的门铃。

"啊，天哪，是那只熊！"赫勒女士惊呼，一把将他抱进怀中，像是对着一只失而复得的小狗一样一通乱亲，之后就把他领进了屋里。

"靠近点，你这摇摇摆摆的老家伙，你从哪儿过来，要去哪儿，在这儿做什么？你这么长一段时间都去哪儿了？平静点，还是别说了，一切都正常。我给你准备顿大餐，就跟以前一样。谢天谢地，纳森图特今天值夜班不在家，你这头到处乱逛的老驴。这样我们就可以享受几小时美好的时光了，就像之前在森林里一样，你还记得吗——啊，天哪！"

那是多么美好的一段时光啊！她负责天气，他负责圣诞节，一年中其余的日子都在休假。

"你有酒吗，赫莉？最好是红酒。如果可能的话，最好是产自法国。"

"我一直给你备着三瓶酒呢，你这个老家伙，像以前在森林里一样，你还记得么？"

他当然记得。

他们一起喝酒，如神仙般享受着丰盛的美食。只是之前是在森林里，现在是在第四层楼上。在吃饭后甜点（淋有覆盆子果酱的香草布丁）时，圣诞熊说："猜一下我需要什么，赫勒，你肯定猜不到。"

"我猜得到！"赫勒女士说，"雪花。"

"对了。"圣诞熊说，"那是为什么呢？"

"肯定是有人许下了这样的心愿。"

"对了，"圣诞熊又说，"而且是因为，他认为你还一直在制造雪花哩。"

"是的是的。"赫勒女士连连点头道，"圣诞节我也在做雪啊，只是用其他的方式而已，不再是抖被子了。我们这边没有羽毛被。只有羊毛加野蚕丝……用这个我可抖不出雪来。"

"但你是能够给老虎做雪的，不是么？"圣诞熊大声说道，一副忧心忡忡的样子。

"当然了，我还在做雪啊，你这个邋遢熊。只是现在我用其他方法了。"

一开始圣诞熊还想知道她现在是怎么做雪的，但是后来他又觉得无所谓了。关键是，小老虎能够得到他的雪花。所以他没有再追问。她也没有告诉他，现在她是用银河系的电子天体以及类似的东西做雪。这是这位有魔力的女士的一个秘密。赫勒只是说："今天所有的一切都不似以往了。世界一直在前进，没有东西会永恒不变。今天这样，明天就会是另外一番完全不同的光景了。一切都在时间的长河里流动。今天在这儿的东西，明天早上就消失不见了呢。"

之后圣诞熊在深夜里离开了，有一点点东倒西歪，一点点若有所思。但这一定不是因为喝了法国红酒的缘故。

他只是含糊道："不管今天明天或者是银河会不会在时间里流逝，这都不重要。关键是小老虎得到了他的雪花。现在这样就一切都很好，我什么也不说了。"

然后大片大片洁白的雪花飘落了下来，多到无穷无尽。还有六天就圣诞节了，到时候一切都会被白雪覆盖。

12 月 19 日

在文泽尔的小屋子里很暖和，
难道是来自波西米亚的小天使在圣诞节前夕
降临了吗？

守林人普利巴姆锯好了木头，将它们劈成了小块的木柴，然后堆进了雪橇里。因为从昨晚开始，这儿就下了很大的雪。他把雪橇拖到了谷仓里，文泽尔就住在那儿。普利巴姆将木柴堆到了门边的靠墙处，然后敲了敲门。里面传出了文泽尔夫人的声音："你推门进来吧，门没有锁。"

守林人走进了房间。

"文泽尔先生在家吗？"

"他出去了，他拖着雪橇，去为炉子找些可以烧着的木头。"文泽尔夫人说，"你想问文泽尔先生要些什么呢？"

"我把木头带来了。"守林人咕哝着，"这些是送给你们的。我现在可以把炉子点上了吧，尊敬的夫人？"

"啊呀，文泽尔啊，不知道你能不能听到我的话——我们的运气真是太好了。当然，你可以把火点上，只要你愿意。这样等到文泽尔来的时候，他就可以暖和暖和身子了。"

文泽尔夫人说完，就蜷缩在自己的被窝里了。

文泽尔夫人穿着那件套头毛衣，就是文泽尔偷偷地锯木头被逮住的当晚，普利巴姆放在他们家桌子上的那一件。在这间房间里，一直就是这么的冷。

他点起了火。房间里渐渐地开始变暖。接着，普利巴姆出门取来了雪橇上的背包，从里面拿出了几样吃的。也许，这些是普利巴姆特意为文泽尔夫人买的，也许只是顺手从家里的厨房拿来的。他把这些都放在了桌子上，然后掰了一块沾有奶酪、夹着香肠的面包递给了躺

在床上的文泽尔夫人，然后慢慢地走出了门。只听见文泽尔夫人在身后问："你究竟是谁，先生？你是普利巴姆，还是那位亲爱的上帝？"

"我是普利巴姆，住在森林里，是个守林人。"他一面这么嘟囔着，一面轻手轻脚地关上了身后的房门。

他突然发现，外面飘着两张纸条，原来是文泽尔和文泽尔夫人写完塞进窗户缝里的。纸条本来是准备留给圣诞熊的，可是不知怎么回事，它们掉了出来，在寒冷的风中飘呀飘呀。当他们年纪还小的时候，他们在波西米亚地区写过类似的纸条，但是接着就把这件事忘记得一干二净了。现在又过了五十年，他们还是头一次重新这么做。年老的人们往往会回忆起自己还是孩子时常常会做的事情，然后再重新做一遍。他们就是这么想的。

文泽尔先生是这样写的：

非常尊敬的圣诞熊先生：

我有一个愿望，就是在圣诞节的时候可以和我的老伴玛丽亚一起到监狱里去，我的意思是，如果我去了，那么希望把她给带上。当然前提是她想去，而且这么做被允许。我之所以要到监狱里去，是因为在那儿过冬的确暖和，而且每天会提供给你吃的东西。

文泽尔

补充：你还记得起我吗，圣诞熊？我和我老婆过去都住在波西米亚地区，那时我曾是文泽尔大家庭中的一员呢。

在另一张心愿纸条上，文泽尔夫人是这么写的：

……我希望在圣诞节的时候会有一个波西米亚的小天使降临在我

们家，就像我们过去在波西米亚时一模一样。

衷心地祝福你。

玛丽亚·文泽尔，就是文泽尔先生的夫人敬上

年老的守林人普利巴姆仔细地阅读了这两张纸条，皱了皱眉头，然后从文泽尔家踏着厚厚的白雪，走远了。当他发现年纪一大把的文泽尔先生拖着满载干树枝的雪橇从森林里缓缓走来的时候，普利巴姆望着其他的地方，仿佛什么都没有看见。

12 月 20 日

幸福的小土拨鼠希望得到什么圣诞礼物，
又是为什么呢？

离圣诞节还有四天的时间了。圣诞熊几乎将所有的心愿卡片都收集完了。

"哇，我发现一件事情！幸福的土拨鼠还没有写过心愿卡片呢！"

这时他才想起，幸福的土拨鼠是不会写字的，因为他的眼睛很不好，简直就是一个小瞎子哟。

于是，圣诞熊就直接走向了土拨鼠的家，想问一问他有哪些圣诞心愿。

圣诞熊一边走一边琢磨："土拨鼠是那么的幸福，所以大概他不再希望得到更多的东西了。"

可是，圣诞熊这一次完全弄错了。

这时，土拨鼠正在屋子前忙得热乎呢，他要将覆盖在他屋子前和屋子上的厚厚白雪清扫干净。如果不这样的话，他的小屋子就完全会被大雪遮住，一点儿也瞧不见了。

"我虽然看不见屋子，但是如果有客人来的话，还是能够看见它比较好。"他一边吸吸他的小鼻子，一边这么说着，"我一扫干净，他就能发现我的屋子了，我最喜欢有客人来了。"

覆盖在地面上的白雪是软软的，圣诞熊的脚掌也是软软的。尽管这样，土拨鼠还是很远就听到了圣诞熊走过来的声音。因为他的眼睛不好，所以他的听觉特别的灵敏。

"是谁从远方走来啊？你那舒服而柔软的鞋子踏在舒服而柔软的雪地里，真的是一种好听的声音。告诉我，陌生人，你是哪一位呢？不会是那个专门满足人们圣诞愿望的圣诞熊吧？你真的是来问问我还有什么圣诞心愿的吗？快来，快来，你这个年老的大熊，让我拥抱你

一下吧。快，把你那笨重的身子弯下来吧，我们抱抱！"

　　唉，他那么小一只土拨鼠和那么一只庞大的圣诞熊怎么才能拥抱哟？圣诞熊心想："唉，我亲爱的土拨鼠，这怎么才能做到呢？"于是，他一边笑着，一边伸出了自己的小指头，放在了土拨鼠的面前，而土拨鼠呢，快乐地与他的小指头拥抱了一下。这不就行了？

　　"还有四天就要到圣诞节了。我幸福的土拨鼠啊，你可以许下一些心愿。要是它们合适，我就能满足你的愿望。"

　　他们俩一屁股坐到了雪地里。圣诞熊对土拨鼠讲起了一些圣诞节的小故事。而土拨鼠呢，一边听一边用他的前爪刨出了一个小雪球，

然后没有目标地将它们往远处扔去。每一次，他什么也打不中。或者说，每一次他都能打中任意东西，就看我们怎么看待这件事了。因为任意东西就是没有东西，没有东西就是任意东西。

"那么！"圣诞熊最后还是想问他一句，"你究竟想要什么东西，我的老伙计？"

"来一份杂志吧。"土拨鼠这么回答着，手里又丢出了一个雪球。

"是什么类型的杂志？"圣诞熊问他，心里觉得有一点儿吃惊。因为土拨鼠简直是一个小瞎子，什么也不能读，什么也不能看，他要杂志做什么呢？

"可是，你根本看不见啊！"

"我要的那种杂志得配着美丽的插图！"幸福的土拨鼠说，"而且是画着好多小姑娘的女性杂志！"

圣诞熊更加奇怪地望着他了，这件事情实在不可思议。

"他们说，你什么也看不见，那么这些插图哪怕再好看，对你又有什么用处呢？"

"翻翻而已啊。"幸福的土拨鼠说，"我只要翻翻那些最美丽的图片，就能想象出来，这些女孩子有多么漂亮了。"

"这个……这个倒也有点道理。"上了年纪的圣诞熊这么嘟囔着，点点头，站起身来，与幸福的土拨鼠告别了。当然，告别的时候，他再次伸出了自己的一根指头，土拨鼠自然也满心欢喜地和他拥抱了一下。最后，圣诞熊踏着软绵绵的、厚厚的积雪，慢慢地走远了。

现在，你知道了吧，幸福的土拨鼠可以在圣诞夜，坐在那间门口、屋顶都被扫得干干净净的小屋子里，等着是不是有一位陌生的访客到来。当然，他的手里还一定捧着配有插图的漂亮杂志，里面有很多美丽的女孩子。这些插图，出现在土拨鼠的家里还真是有点奇怪，仿佛是一阵风不小心将它们吹到了他的手里。

而他，才不管那么多哟！

12 月 21 日

为什么普利巴姆的马槽做得总是不顺？
玛雅·帕帕丫有了一个更高的目标，更美好的愿望。

离圣诞节还有三天，普利巴姆夫人说："你要加油了，普利巴姆啊。要在圣诞节前夕完成马槽可不轻松，还有，你要削出我们还缺的那几个小人哟！我们还没有耶稣呢，这是在马槽仪式里最重要的东西呀。我嘛，已经完成了我应该做的事情——缝出所有的天使了。如果到了圣诞节，你还没有完成马槽的制作，那么上帝也许就不会来到人间了，所以这个圣诞节是高高兴兴地过，还是变得一塌糊涂，完全取决于你的进度。你听到我说的话了吗？普利巴姆？"

她在学校里就学过，上帝在圣诞节会从天上降临到人世。

"好的好的。"普利巴姆这么嘟哝着，走进了马厩，继续忙着去锯一些东西了。但是他并没有锯出一个圣诞马槽，而是锯出了为文泽尔一家修补屋顶的木板。他想将文泽尔一家的屋子修补一新，同时用泥灰砌出一根像样的好烟囱，然后将他们家破旧的窗户都严严实实地补上，补得好像新的一样。最后，他需要为文泽尔一家劈砍出一整个冬天所需要的木柴。

"还有呢！"他的妻子冲着他喊，"你到现在为止还没有抓到偷圣诞树的贼呢！如果你一直逮不到的话，我们都会被林业局开除的！你仔细考虑考虑吧，普利巴姆！你这段时间一直不在家，你能告诉我究竟在外面做了些什么吗？还有，最后别忘了弄一棵圣诞树回来哟！"

显然，普利巴姆夫人完全不知道文泽尔一家的事情。

管理这片森林的林业总局已经写来了这样的通知信："……如果你今年仍然一个盗树贼也抓不到的话，那么请原谅我们不再心存怜悯，你必须从守林人的岗位上退下了……"白纸黑字，清清楚楚。

"你还是把这份怜悯塞到帽子里去吧。"普利巴姆咕哝了几句，顺手把这封信扔到了旁边。谁知，一阵风刮来，信从窗户吹了出去，一直飘到了森林里。

玛雅·帕帕丫至今还没有给圣诞熊写过心愿清单呢。为什么呢？因为帕帕丫每天一个主意，今天想要这个，明天想要那个，总是决定不下来到底想要什么。所以，每次她一写好，就自己把纸头给撕碎了。唉，总之，脑子里一片糨糊，帕帕丫烦透了。

还有，妈妈一直对她这么说："帕帕丫，你可不许想要一些稀奇古怪的东西！"

而且，学校里的老师也告诉她："大部分人都希望获得这个世界上现有的东西，它们伸手可得，但也转瞬即逝，让我们去追求更高的目标吧。让我们想想什么东西是用金钱无法买到的！"

最高的目标是什么？帕帕丫这几天一直在琢磨这个问题。但还是一无所获。

她想："或许是从天上掉下来的某种东西。"

于是，在圣诞节前三天，她写下了自己的心愿："我想，在圣诞节到来的时候，耶稣应该像传说中的一样，躺在马槽里。衷心祝福你！玛雅·帕帕丫。"

她写完之后，将这张纸条塞进了窗户缝。可是，她心里依然很兴奋，充满了对未知的期待与渴望，所以怎么也睡不着了。

12 月 22 日

流浪汉库诺·艾德尔曼也有一个圣诞心愿，
到底怎么才能满足他呢?

圣诞节前的两天，圣诞熊路过了农民哈格尔施拉格所住的地方，看见了他家的谷仓门口夹着一张小纸条。"这里住着库诺·艾德尔曼，是一个流浪者，我强烈地要求你去通知警察，将我逮捕! 我的刑事记录已经满了! 我就睡在屋子里面，和装谷物的麻袋睡在一起，如果你敲三下门的话，我就会主动出来的。"

这真是一封不同寻常的信! 圣诞熊认识流浪汉库诺·艾德尔曼，因为圣诞熊认识住在这里的每一个人。

上了年纪的圣诞熊自己对自己嘟囔道："如果这算得上一个圣诞心愿的话，我必须要满足他的愿望呢! "于是，圣诞熊对着房门敲了三下，然后在门口等着，直到一个戴着软帽子、冻得哆哆嗦嗦、满脸拉碴胡子的男人将房门拉开了一条缝。他看见了圣诞熊，大声地喊道："哦，是你啊，圣诞熊，我居然看到了你，这不是我的幻觉吧? 圣诞节快到了，我是否可以再许下什么圣诞心愿呢? 如果可以的话，那真是太棒了! 你请进屋子里来吧，我尊敬的先生! "

接着，艾德尔曼就开始向圣诞熊讲述，他所有的那些朋友都在圣诞节即将到来的时候，被关进了监狱的一间小房间。但只有他安然无恙地还在外面游荡。为什么会这样呢? 他解释道："因为我们到了圣

诞节，都会让自己被关进监狱，我们会故意去做一些小偷小摸的事情，或者污染和损害公共设施，侮辱身居要职的官员，或者责骂当局。所以现在，几乎我所有的朋友都被关了起来，他们都有了一个安稳的去处，除了我！先生，你理解吗？"

接着，艾德尔曼告诉圣诞熊，他是怎么处心积虑地去做一些违法的事，但是结果并没能让自己如愿以偿。警察们还是放任着他，因为艾德尔曼在圣灵降临日做过一些好事。当他用那么笨拙的手段偷东西的时候——这是故意的，他当然可以用神不知鬼不觉的方法去偷别人的皮夹子——人们却主动将皮夹子送给他，甚至还会在他的手里塞上一瓶二十年代出产的好酒，说道："很快，圣诞节就要来了，这将是

一个充满爱的节日，是属于上帝的日子！"

在圣诞节的时候，圣诞熊自然希望每一个人都能舒舒服服的。

"我现在该怎么办才好呢？我真的想不出更多的办法了。亲爱的熊先生，要过一个身边没有朋友和亲人的圣诞节，对我而言真是一种灾难啊。"

他想，在监狱里一定会有一场隆重的圣诞庆祝晚会吧。如果他能到那儿去的话，一定可以与所有老朋友重逢的——他们在夏天一起在乡村的道路上游荡，比如蒂佩尔兄弟、酒糟鼻、玩手风琴的朋友，还有那些小偷小摸的家伙。

"对了，我一定还能看到不少多年未见的老伙计呢！"

圣诞熊对他说："我可以想办法帮你在一户好人家那里找个落脚的地方，舒舒服服地度过圣诞节。"

圣诞熊这时心里想的，其实就是普利巴姆一家。

"别！千万别这样！请你不要怜悯一个可耻的小偷！我就是想到监狱去坐坐。这就是我仅有的请求，神圣的圣诞熊啊！我知道你是无所不能的。"

"那只能，只能去偷一棵树了。"

"我没有锯子啊！"

"先偷一把锯子，再用锯子去偷一棵树吧。"

"可是，我不会锯东西呢！一旦正经地工作起来，我的两只手就会发疼！"

"要不，你就声称你自己已经偷到一棵树了吧！"

"可是，现在的刑事案件是需要证据的呀，我口说无凭，人家是不会相信的！"

库诺·艾德尔曼感到很绝望。这时，圣诞

熊有办法了，就带着他走进了旁边的森林。圣诞熊知道那儿有一棵昨天刚被锯下来的圣诞树，但它被扔到一边去了，因为锯它的那个人已经找到了一棵更好的。这样一来的话，库诺·艾德尔曼就应该将这棵已经被锯好的圣诞树扛在肩膀上，慢慢地在森林里晃悠一阵子，直到遇见负责看管冷杉树的守林人普利巴姆。这一定很快就会发生。

可是，当普利巴姆看见这个"偷树贼"的时候，虽然两人之间只有两米的距离，但是普利巴姆仿佛什么也没有看见，自顾自地忙别的去了，一点儿也不觉得这棵圣诞树和自己有什么关系。

"嘿！我说，守林人啊，我已经偷了一棵树了！请你履行你的职责好吧，尊敬的守林人先生！快将我带到警察局去，还愣着干什么呢？"

普利巴姆回答："我凭什么相信这棵树是你偷的，而不是你从哪儿买来，或者地上捡到的？"

"你要相信我的供词啊！我已经招供了呢，守林人先生。"

"那么你怎么证明你没有撒谎呢？"

库诺·艾德尔曼这时控制不住了，号啕大哭起来，将普利巴姆一把抱住，祈求道："我的好兄弟呀，你对我发发慈悲吧，快将我带进监狱里！"

于是，他一五一十地向普利巴姆解释发生在自己身上的故事，普利巴姆也就答应了他，将他送往上级的林业局。到了林业局，那儿的几个委员讨论下来，决定将库诺·艾德尔曼送往监狱。在临走的时候，库诺·艾德尔曼激动地亲吻了普利巴姆的双手，他实在太感谢守林人的帮助了。

这时，距离圣诞节只有两天了。

12 月 23 日

来自波西米亚的小天使在房间里飞来飞去，
接着文泽尔先生做了一道正宗的猪肝肠配小黄瓜。

距离圣诞节只有一天了。守林人普利巴姆觉得，是时候为文泽尔先生装点圣诞树了。同时要送给他的，还有一只波西米亚风格的小天使。

他在抽屉里随便抓了一把，反正他也不能分辨各种小天使的模样。天使嘛，本来就是家里的女人负责做的，而对他来说，什么样的天使，其实也无关紧要。

可是，他正巧抓住了那只孤独小丑，他已经在普利巴姆夫人的巧手下变成了一个有翅膀的小天使，而且还象征着智慧与正义呢！这是一个巧合吗？谁都不知道。

或者我们可以这么说："这是多么让人喜悦的命运啊！"后面我们的故事会接着讲。

"这个玩意儿他们一定会喜欢的。"守林人说着，对着小丑露齿一笑。这时，他发觉，这个新天使的鼻子还安得摇摇晃晃的呢！

"对我而言，你实在太具有波西米亚风格了。反正，我是懂一点波西米亚的波尔卡舞蹈的，也会做波西米亚风味的面团，还知道波西米亚人的雪橇歌，那是在手风琴上演奏的。我说完了。"

普利巴姆随身带上一些圣诞果脯蛋糕，这是他妻子为明天的圣诞节烤制出来的。他接着又找来了几个圣诞圆球，买了几支圣诞蜡烛，再将这一切打包，准备带到文泽尔家里去。

到了文泽尔家，普利巴姆轻轻地按下了门把手，然后蹑手蹑脚地将这些东西（包括那只小天使）放在了他家的圣诞树下，尽量不引起他们的注意。普利巴姆这么做，感觉自己就像是在履行圣诞熊的职责。当然，他成功了。

为什么要轻手轻脚呢？因为文泽尔夫人已经香甜地睡着了，而文泽尔先生正在谷仓门口铲去多余的积雪。所以，普利巴姆为了不惊动他们俩，才无声无息地潜入了他们的家里，像圣诞熊一样送给他们一个惊喜。

普利巴姆刚刚关上身后的房门，那只小丑竟然就醒来了！他扇动着翅膀，在房间里尽情地欢呼："哇！我的翅膀能扇出多么强劲的风力哇！瞧瞧，瞧瞧，苍穹翱翔的伙伴们，你们看到了吗？"因为小丑现在能像天使一样将一对翅膀来回扇动，所以他觉得上面和下面的空气都是那么的轻盈，仿佛自己过去从来不是一个普通的小丑，仿佛他生来就是天使！

小丑竟然从桌上飘浮了起来，因为他正在"试飞"，这是他作为天使的第一段旅程呢！

就这样，他在文泽尔夫人的房间里飞来飞去，从空中的每一个角度欣赏着美丽的圣诞树。他在大衣橱的边缘上坐了一小会儿，然后径直飞向文泽尔夫人的床头，同时欢呼着："哈利路亚！哈利路亚！哟嘿，啦啦啦啦啦！"

文泽尔夫人听到了这样的呼喊声，一下子醒了过来。

她以为自己在做梦呢！她就这么幸福地望着在空中盘旋着的小天使，露出了甜蜜的微笑，接着紧紧地闭住了双眼，因为她不想轻易地从这段美丽的梦境中醒来。

当小丑再一次发出了"哈利路亚"的欢呼声时，文泽尔夫人才勇敢地把眼睛睁开，她这才相信一切都是真的。这时，文泽尔先生刚刚推开外面的房门。

"文泽尔，你快来看，他来了！"

"谁来了？"

"波西米亚的小天使已经到我们家了！"

"不可能吧，我的好老婆，你再乖乖地睡一会儿吧，我来帮你做一道正宗的猪肝肠配小黄瓜。"

"真的呀，你倒是过来仔细瞧瞧！我不听话的文泽尔！他真的已经到了我们家！他真的来自波西米亚哟！我真的有种还活着的感觉。"

"你还是安分点吧。你的的确确还活得好好的呢。亲爱的玛丽亚，我来做猪肝肠，它的味道一定让你满意，让你体会到你还幸福地活着。"

小丑慢慢地降落了下来，在文泽尔先生的面前飘浮了整整两分钟时间。文泽尔这才相信，波西米亚的天使真的来他们家了。文泽尔简直有点不敢动弹，他怕自己过于粗鲁的动作吓跑了这位高贵的来客。他甚至害怕自己动不动就扇起一阵小风，把这个美丽的小天使吹落到地上。

文泽尔先生一面沉浸在惶恐的幸福中，一面小心翼翼地在两片面包上涂上猪肝肠酱，一片给他的夫人，一片留给自己。他们俩就这样端坐在床上，认真地看着这位来自波西米亚的小天使在房间的空中飞过来，飞过去，同时发出"哈利路亚"的欢歌。

这的确不是梦境，他们相信了。

12 月 24 日

普利巴姆还是没有做好圣诞马槽，
但是在天空中飘浮着很多天使，
又高又壮的森林大熊在高唱"哈利路亚"！

　　圣诞节终于到了。在平安夜里，普利巴姆夫人很生气，因为守林人普利巴姆仍然没有做好圣诞的马槽。她对丈夫说："天呐，你竟然还是没能做好圣诞马槽，那么我们的耶稣该降生到哪里去呢？你甚至都没有准备好一棵像样的冷杉树。我的那些小天使该缝到哪里去呢？你能告诉我答案吗？"

　　"可以，也不用急。"守林人嘟嘟囔囔地说，"抱怨什么呢，圣诞节快要到了，一个奇迹即将发生。老婆啊，你耐心地等等吧，一直等到圣诞夜。只要等待就行了。"

　　说完这些，普利巴姆就走进马厩忙乎去了，仿佛他心里知道会发生什么。

　　其实，普利巴姆已经在森林里准备好了圣诞马槽，就是为了迎接小小耶稣的降生而准备的。只是普利巴姆夫人不知道而已。他还在马槽里铺上了整洁的干草。然后，普利巴姆去为兔子准备好了圣诞节的食物——胡萝卜和卷心菜沙拉混在一起，味道好极了。他还往冷杉树丛里塞好了一支支的蜡烛——这里一支，那里一支，一切已准备妥当，所以，他就不需要再锯下什么新树作为圣诞树了。

　　夜里，等他忙完了在文泽尔家那里的所有事情，他会静静地坐下，为自己的妻子亲手织一条围巾。还有，他还为玛雅·帕帕丫买了一件老虎条纹的套头毛衣，因为一条条的花纹他完全不会织。这样的一件老虎毛衣，帕帕丫早在生日的时候就已经想要了。据她说，这样她就

能和小老虎更加般配。

普利巴姆夫人再次检查了一遍做好的天使玩偶，然后重新放进了抽屉，接着就开始唉声叹气了。因为她不大相信圣诞节那天会发生什么奇迹。一个既没有马槽，也没有圣诞树的圣诞节，她完全不能想象会变成什么模样。

"他会来吗，妈妈？"玛雅·帕帕丫问她的妈妈。

"你说谁？"

"我们亲爱的耶稣呀，我已经和他预约好了。"

"你记住，每个圣诞节耶稣都会来的。"她妈妈说，"因为那一天就是他出生的日子。即便我们可能看不到他，但他还是会来的，因为他就是我们亲爱的耶稣。"

"但他还只是一个小男孩呀，为什么就叫亲爱的耶稣呢？"

"好吧，帕帕丫你不要吵，让我安静一下。"

玛雅·帕帕丫去了小老虎和小熊的家，在他们的门上粘了一张纸条，上面写道："今天晚上九点钟，在森林里的马槽碰头！那里会有一场真正的惊喜等着我们！玛雅·帕帕丫。"

显然，小姑娘心里很清楚，最近几天爸爸都做了些什么，都在想些什么。因为她一直在观察普利巴姆的行动，甚至还跟踪过他的脚印。对帕帕丫而言，在森林里有一个真正的马槽，里面还有一些真正的动

物，这绝对要比在小屋子里的几个玩偶更带劲！所以，在圣诞节前一天，他们准备早早地步行到森林里，然后等待着平安夜的降临。

文泽尔夫人问她的丈夫："你相信不相信，这就是上帝？"

"你说谁就是上帝？"

"嗯，我是指帮我们修好这一切东西的人。他给了我们这一顶帽子，我现在穿的这件套头毛衣也是他给我的。对了，还有那件绿色的夹克，以及这株美丽的圣诞树。它正真真实实地立在那儿呢，我没有做梦。"

自然，文泽尔心里清楚，这一切都是普利巴姆为他们做的。但是，他仍旧想给他夫人一个圣诞节的惊喜，如果她太早知道真相的话，那么圣诞节将要发生的一切就没那么精彩了。其实，文泽尔夫人怎么会不知道呢？她心里也是明明白白的。

"你瞧，我一下子就把上帝认出来了。"文泽尔夫人说。

在快要六点钟的时候，所有人都告诉了圣诞熊今天晚上他们需要什么东西，因为在平安夜这个时候，大家相信圣诞熊是无所不能的。

普拉什拉克夫人的一个邻居突然想到，需要圣诞熊为她弄一双软底拖鞋，于是圣诞熊满足了她的愿望。

大猫米克什的第二个老婆，就是看起来像一只凶猛老虎的那一个，像是受了谁的指派，在普拉什拉克夫人的小屋子里发出呼噜呼噜的吼叫。

"哇，一只老虎！"小姑娘罗塞尔·普拉什拉克喊道，"不过现在还长得比较小，慢慢地她会长大的。"

鹅大婶带给了小老虎一双滚轴溜冰鞋，不大不小，正合适。又高又壮的森林大熊为小老虎织好了漂亮的帽子和围巾，还给小熊画了一条黄黑相间的领带，色彩与小老虎有条纹的皮毛再匹配不过了，一系上去就显得神采奕奕，光彩照人。

小熊的一位在美国的叔叔寄来了一个包裹，里面有两只人造苍蝇形状的假饵。那位叔叔还说："我们美国人钓鱼都用这个，非常有效，鲑鱼尤其会上当，所以我们能把它们一条接着一条钓上岸。祝你圣诞快乐！山姆叔叔。"

但是，小熊完全不认识什么在美国的山姆叔叔。那么为什么会有这样的一位叔叔寄给他包裹呢？原来，只要小熊愿意，圣诞熊可以为每一个人在圣诞节期间找到一个名叫山姆的叔叔，那样的叔叔一定会寄给他们人造苍蝇的假饵，所以这次，圣诞熊就将小熊的愿望实现啦！

库诺·艾德尔曼在五点的钟声敲响的时候，已经如愿以偿地被送进了监狱。在监狱里，他所有的老朋友汇聚一堂，准备迎接即将到来的圣诞庆祝晚会，到六点钟时，监狱里的每一个人都会幸运地得到一份圣诞礼物。艾德尔曼嘛，将会有一副手套。明年冬天他就能戴着这副手套，不怕天寒地冻咯！

就这样，所有的人都得到了心愿清单里所写的圣诞礼物，你需要什么，圣诞熊就会为你弄到什么，多好！

还有，小老鼠图图也给了她的男朋友迪迪·诺依曼一副手套。

老鼠妈妈在圣诞节到来的时候，在电话簿两页黄色的纸之间涂上了甜甜的糖粉面包屑。

　　甚至那个讨厌的坏家伙——大猫米克什在圣诞节都有了好运。因为既然到了圣诞节嘛，哪怕是一个作恶多端的家伙，他不好的那一面也会得到原谅，人们往往会看到他充满人性的、善良的另一面。米克什找到一个"圣诞栖息地"的愿望也实现了，因为他的第二个老婆，也就是那个看起来像小老虎一样的猫咪，住到了小罗塞尔·普拉什拉克的家里去了，于是她的屋子就空了出来，米克什舒舒服服地躺在了她的破旧板床上睡大觉呢！

　　快到九点的时候，普利巴姆一家准备前往森林，但是他们心里完全想不到会发生什么事情。他们就像穿行在梦境里一样，好像《圣经》中千百年前东方三博士顺着明亮的星光，朝拜耶稣诞生的故事一样。

　　在他们前往马槽的路上，看见了许多小天使飘浮在天空中。原来，普利巴姆夫人在这一天打开了抽屉，她知道圣诞节降临之时，所有的天使都会飞翔起来。

　　明亮的月光照在了小天使银色的小翅膀上，看起来仿佛它们就是一颗颗美丽的星星。

　　玛雅·帕帕丫快乐地喊着："瞧呀，它们在闪光呢！就和《圣经》里所说的'天上的军队'一模一样。"

　　大伙从四面八方聚拢而来，比如大大小小各种动物，还有文泽尔一家、普利巴姆一家，但是他们竟然也说不出，是怎么样的一种魔力吸引他们前往森林里的。当然，只有年老的普利巴姆和圣诞熊心里对这桩事情再清楚不过了。

　　至于孤独小丑呢，他从文泽尔家的门里飞了出来，跟随着大

伙的队伍，仿佛自己是一颗闪烁着的小星星。最后，所有人都踏着皑皑的白雪，来到了森林里的马槽边，对，所有人都到齐了，一个也不差。

在几棵美丽的圣诞树上，普利巴姆和圣诞熊都已经插上了一支支彩色的蜡烛，所以每一个人都去点燃了一支。小熊用他的笛子吹出了轻柔而美妙的歌曲，而笨重的森林大熊应和着这旋律，开始用粗粗的嗓门哼唱《哈利路亚》的赞歌，守林人普利巴姆也在一旁哼着曲调，当然玛雅·帕帕丫也没闲着，不过她的声音有点太响了，而且总是会唱走调。

在天空中，盘旋着各式各样的小天使，在他们的中间，飞得比较低的就是孤独小丑。

对了，那么在最下面的马槽里躺着谁呢？大伙看见了一只可怜的、被遗弃的小狗。这只小狗是别人从家里赶走的，然后又在路上折断了腿，冷得快冻僵了。

玛雅·帕帕丫见状喊了起来："它归我了！因为马槽里无论放着什么，都是属于我的！"

所以，她立即脱下了自己有老虎条纹的套头毛衣，将这只可怜的小黄狗包裹了起来。

"瞧啊！我的文泽尔，这不是我们在波西米亚养的那只小黄狗吗？这是好多年以前的事情哇，它现在怎么会出现在这里呢？它真的来找我们了！真的！"

说完，文泽尔夫人解下了她的围巾，也盖在了小狗的身上。这条围巾还是前几天普利巴姆送给她的。这时，普利巴姆夫人认出了围巾上熟悉的花纹，也认出了文泽尔夫人所戴的帽子、手套和所穿的毛衣原来都是自己家的。这时，她的心感动了。之前，这些东西普利巴姆都说已经弄丢了，没想到……她因此更加爱自己的丈夫了。普利巴姆夫人想了想，开口说道："普利巴姆啊，这真是我们最美好的一个圣诞节。"

可是，玛雅·帕帕丫在一旁抽泣个不停："我可怜的小狗呀……"这时，她看见了站在冷杉树丛后面的圣诞熊。他就这样站在那儿，帕帕丫望着他，一句话也没有说。她把小狗从马槽里抱了出来，然后递给了文泽尔夫人。

天空中飞满了普利巴姆夫人做出来的小天使。上了年纪的文泽尔把这只快要冻僵的小狗塞到了自己温暖的夹克衫下面，这样它就能暖和许多。随着夜色越来越浓，所有的人都往回走了。普利巴姆夫人开始收集天空中的小天使，以便明年的圣诞节再次使用。

只有一个小天使消失在了灿烂的星河之中，那就是孤独小丑。

"哇，你快看！"文泽尔夫人提醒她的丈夫，"那只波西米亚的小天使正在使劲地往回飞呢！和我们当年在波西米亚看到的一模一样。"

不过，小丑飞翔的方向是往南方去的。他自言自语地说："如果我加快扇动翅膀的速度，而且能赶上完美的'回头风'，那么一定能在今晚顺风飞回我亲爱的水堡，回到格莱森纳格尔先生温暖的家中。"

作者介绍：雅诺什，1931 年出生于波兰的扎波泽（Zaborze），在巴黎和慕尼黑居住过，从 1980 年起一直生活在西班牙。雅诺什一共写出并绘制了二百多部儿童书、长篇小说、剧本和其他作品，他所获得的奖项包括法国和德国的儿童图书大奖。